L'enfant secret d'une innocente

W0284714

ELISA MARSHALL

L'enfant secret d'une innocente

AZUR

HARLEQUIN

Collection : Azur

© 2022, HarperCollins France.

Tous droits réservés, y compris le droit de reproduction de tout ou partie de l'ouvrage, sous quelque forme que ce soit.
Toute représentation ou reproduction, par quelque procédé que ce soit, constituerait une contrefaçon sanctionnée par les articles 425 et suivants du Code pénal.

Si vous achetez ce livre privé de tout ou partie de sa couverture, nous vous signalons qu'il est en vente irrégulière. Il est considéré comme « invendu » et l'éditeur comme l'auteur n'ont reçu aucun paiement pour ce livre « détérioré ».

Cette œuvre est une œuvre de fiction. Les noms propres, les personnages, les lieux, les intrigues sont soit le fruit de l'imagination de l'auteur, soit utilisés dans le cadre d'une œuvre de fiction. Toute ressemblance avec des personnes réelles, vivantes ou décédées, des entreprises, des événements ou des lieux serait une pure coïncidence.

Le visuel de couverture est reproduit avec l'autorisation de :

© GETTY IMAGES/500PX PLUS/ROYALTY FREE

Tous droits réservés.

HARPERCOLLINS FRANCE
83-85, boulevard Vincent-Auriol, 75646 PARIS CEDEX 13
Service Lectrices — Tél. : 01 45 82 47 47 - www.harlequin.fr
ISBN 978-2-2804-7276-0 — ISSN 0993-4448

Composé et édité par HarperCollins France.
Imprimé en septembre 2022 par CPI Black Print (Barcelone)
en utilisant 100% d'électricité renouvelable.
Dépôt légal : octobre 2022.

MIXTE
Papier issu de sources responsables
FSC® C159065

Pour limiter l'empreinte environnementale de ses livres, HarperCollins France s'engage à n'utiliser que du papier fabriqué à partir de bois provenant de forêts gérées durablement et de manière responsable.

Prologue

North Grey, Angleterre, 2012

— Vous avez vu ça ? Le feu s'est propagé partout.

Estéban se tourna vers Alejandro qui, un sourire aux lèvres, désignait le brasier au loin.

— Dans une heure, il ne restera rien, ajouta Harrison, l'air indéchiffrable.

Il avait parlé avec le calme qui le caractérisait, mais l'éclat dur de son regard trahissait son émotion.

Estéban, à l'instar de ses deux amis, aurait été bien incapable de rester de marbre quand se jouait devant leurs yeux l'épilogue de la sombre histoire qui les liait depuis toujours.

Tous trois s'étaient rencontrés à Grey Manor, l'orphelinat qui était dévoré par les flammes en ce moment même. Un lieu qui, de ses origines jusqu'à sa destruction, aurait parfaitement porté son nom. L'établissement où se mêlaient désolation et souffrances semblait avoir été privé des couleurs de la vie. Et bientôt, il serait réduit en cendres tout aussi ternes que les murs qui avaient abrité les pleurs de centaines d'enfants.

Estéban n'oublierait jamais le jour où les cris désespérés de deux nourrissons avaient envahi le manoir. Lui-même n'avait que quatre ans à l'époque, mais il avait su d'instinct qu'une telle détresse exigeait une réponse immédiate. Hélas, les petits s'étaient époumonés longtemps – trop longtemps – sans recevoir le réconfort qu'ils réclamaient.

Ne supportant plus l'écho de leurs pleurs, Estéban avait décidé d'aller porter secours aux bébés, une fois l'heure du coucher arrivée. Bravant la nuit, il s'était faufilé jusqu'au deuxième étage, avant d'entrer en catimini dans la chambre vaste et humide réservée aux nouveaux venus.

Il n'avait eu aucun mal à repérer les deux berceaux abandonnés là. Ceux-ci avaient été disposés d'une étrange manière, chacun à une extrémité de la pièce, comme pour tenir à distance leurs frêles occupants.

Sur une impulsion, Estéban les avait rapprochés l'un de l'autre, faisant crisser le sol d'une sinistre façon – jusqu'à ce que les barreaux en fer forgé se touchent enfin. Puis il s'était mis à chanter la seule berceuse qu'il connaissait, souvenir d'une époque révolue où la douceur était encore son quotidien.

Comme par miracle, les bébés s'étaient calmés après quelques notes seulement, emportés par le sommeil. Le silence revenu avait semblé à Estéban si bienfaisant, si pur, qu'il s'était installé sur un vieux sofa de velours et, captivé par le souffle régulier des nourrissons, il s'était endormi à son tour.

À l'aube, Estéban avait juré aux petits, dont il apprendrait plus tard qu'ils se nommaient Alejandro et Harrison, de prendre soin d'eux. Et cela faisait dix-sept ans qu'il s'efforçait de tenir sa promesse. Il avait séché leurs larmes, les avait protégés du mieux qu'il pouvait, avait reçu quelques coups à leur place, aussi. Surtout, il s'était interdit de fuir sans eux.

Mais aujourd'hui, le moment était venu de quitter ensemble ce lieu honni qui les avait rendus si malheureux.

— Vous savez ce que ça signifie, les gars ? fit-il en passant un bras autour des épaules de ceux qu'il considérait comme ses frères.

Son cœur lui martelait les côtes. Les mots qu'il s'apprêtait à prononcer, il les avait rêvés tant de fois !

— Nous sommes libres.

Combien de temps Estéban resta-t-il auprès de ses amis, à contempler les flammes rougeâtres qui se dessinaient dans le ciel ? Difficile à dire, mais c'était sans conteste le plus beau coucher de soleil qu'il eût jamais vu.

Quant à la scène qui se jouait sous les volutes de fumée, elle était le reflet d'un chaos absolu. Tous les pensionnaires de Grey Manor avaient été évacués par les pompiers qui s'évertuaient maintenant à circonscrire l'incendie. Les sirènes hurlaient au même titre que les enfants affolés.

— Ils vont finir par se rendre compte qu'on a filé, dit Alejandro, le tirant de sa torpeur.

— Ce serait bien la première fois qu'ils s'intéresseraient à nous, maugréa Harrison.

Estéban se redressa brusquement. La chance qui leur était offerte de fuir ne se représenterait pas de sitôt. Le temps était compté.

— Écoutez-moi bien, tous les deux. Dirigez-vous vers la gare, sans vous retourner, et prenez le premier train, celui qui mène à Glaston. Je vous retrouverai là-bas demain à 9 heures, sous le vieux pont.

— Mais et toi, Estéban ? demanda Alejandro, l'air paniqué.

— Tu nous laisses tomber, c'est ça ? renchérit Harrison avec colère.

Les mots lui firent l'effet d'une gifle, pourtant Estéban sourit au plus jeune d'entre eux.

— Jamais je ne ferai une chose pareille, j'espère que vous le savez.

Une myriade d'émotions défilait dans les yeux des garçons. Le doute, la peur : tout ce contre quoi il avait tenté de les protéger depuis leur toute première rencontre.

— J'ai une affaire à régler ici avant de partir, poursuivit Estéban. Mais je serai au rendez-vous demain, je vous le promets. Maintenant, filez.

L'instant d'après, à son grand soulagement, Alejandro et Harrison disparaissaient dans la nuit.

Alors, sans perdre une seconde de plus, Estéban se mit à dévaler la route qui menait au village. Malgré l'obscurité, il n'eut aucun mal à distinguer le haut clocher du couvent des Lys. Combien de fois s'était-il imaginé l'escalader, tel un preux chevalier, pour en délivrer sa belle occupante ? Hélas, la réalité n'a rien d'un conte de fées, et jamais il n'était parvenu à monter les pierres lisses ou à franchir les lourdes portes de l'édifice centenaire.

Jusqu'à ce soir.

Cette fois, rien ni personne ne l'empêcherait d'atteindre son but. Il lui avait fallu détourner l'attention de la vieille sœur Emily, après la messe, le temps de lui dérober la clé du petit jardin où elle cultivait ses chères plantes médicinales. Cette clé, il l'avait gardée tel un trésor, longtemps, attendant le moment où il pourrait en faire usage. Prêt à tout pour l'obtenir, Estéban n'avait pas hésité à mentir à la religieuse, à user de son charme afin d'endormir ses soupçons. Comment avait-elle pu croire un seul instant à son discours de pauvre orphelin éploré qui n'espérait rien de plus de l'existence que la miséricorde divine ?

Estéban n'attendait rien de Dieu. Il ne craignait ni le jugement suprême ni l'enfer, qu'il connaissait déjà. En revanche, s'il se trouvait là cette nuit, c'était pour goûter au paradis.

Anna était folle d'inquiétude. Quelques minutes plus tôt, réveillée par le pas lourd de la mère supérieure dans le couloir, elle avait surpris une conversation qui faisait état d'un incendie à Grey Manor. Elle attendit quelques instants, l'oreille collée à la porte, que le silence revienne. Puis elle sortit en trombe du dortoir qu'elle partageait avec les autres orphelines du couvent. La voie était libre, et elle courut jusqu'aux jardins. De là, elle aurait une vue sur la colline et l'orphelinat pour garçons qui la dominait.

Le froid la surprit, ainsi que le calme absolu qui régnait dehors. Avait-elle rêvé les paroles terrifiantes entendues quelques instants plus tôt ?

À peine leva-t-elle les yeux vers le manoir qu'un cri lui échappa. En lieu et place de l'établissement qu'elle avait contemplé si souvent en songeant à l'un de ses pensionnaires, elle ne trouva que fumée rougissante.

Anna porta la main à son cœur, tandis qu'un frisson glacé la parcourait tout entière.

— Je suis là, tout va bien.

Elle tressaillit quand la voix familière résonna derrière elle. Puis se retourna, pour trouver l'objet de ses pensées face à elle. Le soulagement qu'elle éprouva fut aussi intense que la peur qui la saisit aussitôt après.

— Et les autres ? balbutia-t-elle. Les enfants…

— Tout le monde est indemne, répondit Estéban.

— Tu en es sûr ?

Il acquiesça.

— J'ai quitté les lieux après l'appel auquel tous ont répondu, petits et grands.

Il marqua une pause, avant de poursuivre :

— Les pompiers sont arrivés très vite. À croire qu'ils ont été prévenus…

Se pouvait-il qu'Estéban ait un lien quelconque avec l'incendie ? Dans ses yeux, elle lisait une farouche détermination… et pas la moindre peur.

Craignant peut-être de connaître la réponse, Anna se garda de poser la question.

— Que fais-tu ici ? fit-elle en avançant timidement vers lui.

Tous deux s'étaient vus souvent, dans le secret le plus absolu, mais chaque fois ils avaient été séparés par le grillage du couvent. Ce soir, Estéban était plus proche d'elle qu'il ne l'avait jamais été.

Et cela la terrifiait.

Non pas qu'Anna eût peur de lui. En fait, c'était plutôt les émotions qu'il faisait naître en elle qui la bouleversaient. Et dire qu'il lui suffirait de faire un pas de plus pour le prendre dans ses bras, comme elle rêvait de le faire depuis leur toute première rencontre, il y avait de cela une éternité.

— Je suis venu te chercher, Anna.

— Je ne comprends pas…

— Pars avec moi, comme nous l'avons imaginé tant de fois.

L'émotion la submergea telle une vague une nuit de tempête. Elle aimait Estéban plus que tout au monde et soudain, la possibilité de vivre à ses côtés lui était offerte ?

— Nous nous marierons, Anna, devant Dieu comme

tu l'as toujours voulu. Je travaillerai dur pour t'offrir la vie que tu mérites.

Son regard était empreint de solennité.

— Je t'aime, *agape mou*. Fais de moi le plus heureux des hommes.

C'était la première fois qu'il s'adressait à elle en grec, sa langue maternelle. Les mots tendres lui firent l'effet d'une caresse et Anna franchit la faible distance qui les séparait encore.

Alors, comme dans un rêve, les bras d'Estéban l'enveloppèrent. L'instant suivant, la joue posée contre son torse viril, elle entendit les battements précipités de son cœur.

Estéban lui offrait tout ce qu'il possédait : son amour et la promesse de prendre soin d'elle. Jamais elle n'avait espéré autant de la vie.

— Je t'aime aussi, Estéban.

— Alors tu viens avec moi ?

Elle sourit, gagnée par l'allégresse.

— Oui, je te suivrai au bout du monde.

À peine avait-elle prononcé ces mots qu'Estéban prit son visage en coupe pour déposer sur ses lèvres un baiser d'une infinie douceur.

Leur premier baiser.

Mieux qu'un anneau d'or, il scellait le serment qu'ils venaient de faire d'être présents l'un pour l'autre, aujourd'hui et à jamais.

Bientôt, les lèvres pressées contre les siennes s'affermirent et Estéban lia sa langue à la sienne dans une danse dont elle n'eut aucun mal à suivre les pas. Sans doute parce que cet homme lui était destiné…

Elle devinait son sourire contre sa bouche, elle partageait sa joie. Dans les jardins du couvent, ils étaient comme seuls au monde.

S'écartant brusquement d'elle, Estéban la contempla quelques instants. Ses yeux brillaient dans la nuit d'un éclat qu'elle ne leur connaissait pas, mais dont elle comprenait la signification.

Il la désirait.

— Dès que le calme sera revenu au village, nous quitterons le couvent, puis nous gagnerons Glaston, où Harrison et Alejandro m'attendent.

— Tu aurais pu partir avec eux…, comprit-elle.

— Jamais je ne t'aurais laissée derrière moi, *agape mou.*

Sans un mot, il la souleva dans ses bras pour l'entraîner sous le grand chêne, puis il la déposa délicatement sur un lit d'herbe fraîche. Elle percevait le parfum des fleurs autour d'elle, mais elle resta captive de l'odeur d'Estéban, de sa chaleur quand il s'allongea auprès d'elle.

Au-dessus d'eux brillaient les étoiles éternelles, celles qu'autrefois, ils s'étaient juré de regarder toujours en pensant l'un à l'autre, ne sachant pas quand ils connaîtraient le bonheur de pouvoir profiter de ce spectacle ensemble.

Ce moment était arrivé. Mais Anna ne parvenait pas à scruter le ciel. Toute son attention était portée sur l'homme étendu près d'elle.

— C'est beau, n'est-ce pas ? dit-il de sa voix grave, douce comme du velours.

Elle roula sur le côté et, incapable de résister à la tentation, elle caressa sa joue ombrée d'une barbe naissante. Elle avait connu Estéban à l'aube de leur vie, mais il n'y avait plus rien d'enfantin, en lui.

De ses doigts, elle suivit la mâchoire carrée, puis descendit le long de son cou pour atteindre ses épaules solides. Elle abandonna ses biceps tendus pour poser sa paume sur son torse. Dans le calme de la nuit, son cœur battait si fort ! Il battait pour elle…

— Embrasse-moi encore, Estéban.

Elle voulait que soient gravés dans sa chair ces instants de félicité pure. Alors peut-être aurait-elle la certitude qu'elle n'était pas simplement plongée dans le plus doux des songes.

Il captura sa main et d'un mouvement souple, la renversa sur le dos afin de se positionner au-dessus d'elle. L'instant d'après, leurs bouches se retrouvaient.

Chavirée par les sensations exquises qui l'assaillaient, Anna le serra contre elle, avant de glisser une main sous son T-shirt. Son dos était musclé, sa peau chaude comme le soleil.

Le râle qu'Estéban laissa échapper la galvanisa et elle descendit plus bas encore, sous la ceinture du pantalon, pour atteindre ses fesses fermes.

Que lui arrivait-il ? Jamais elle n'avait été si audacieuse. C'était la première fois qu'elle touchait un homme et pourtant, chacun de ses gestes lui paraissait naturel. Sans doute parce qu'Estéban et elle étaient des âmes sœurs et qu'ils s'apprêtaient à unir leurs existences, en quittant leurs orphelinats respectifs.

— Je veux être ta femme, chuchota-t-elle contre ses lèvres.

Il s'écarta légèrement, juste assez pour darder sur elle un regard intense.

— Cette nuit, Estéban. Je veux être ta femme *maintenant*.

Il ferma les yeux une seconde et quand il les rouvrit, un éclat nouveau y brillait.

— Tu es sûre de toi, *agape mou* ?

Pour toute réponse, elle hocha la tête. Alors, il prit

sa bouche de nouveau et tandis qu'il l'embrassait avec passion, il entreprit de lui ôter sa chemise de nuit blanche.

Bientôt, Anna sentit sur sa peau nue l'air frais de la nuit, puis le souffle chaud de son amant.

Et dans les jardins du couvent des Lys, elle offrit son corps à celui qui depuis toujours détenait son cœur.

1.

Dix ans plus tard

— Aïe ! lâcha Anna.

Sur son index perlait une goutte de sang.

— Tu t'es fait mal, maman ?

— Ce n'est rien, mon chéri. Je me suis piqué le doigt au rosier.

— Je peux te soigner, si tu veux, proposa Loukas avec gravité. Ne bouge pas, je reviens.

Déjà, son fils courait vers la maison, d'où il revint bientôt avec la trousse de secours.

— Assieds-toi là, dit-il en désignant le fauteuil en rotin sous le porche. J'ai tout ce qu'il faut.

Il vaporisa un peu de désinfectant sur la plaie, puis appuya dessus avec un large carré de coton. Enfin, il appliqua sur la main lésée un pansement aux couleurs de son super héros préféré.

— Merci, docteur, c'est du bon travail ! fit Anna en lui ébouriffant les cheveux. Et dire qu'il n'y a pas si longtemps, c'est moi qui soignais tes bobos…

Ravi du compliment, Loukas bomba le torse de fierté.

— Je suis grand maintenant ! Mais j'aime bien aussi

quand tu t'occupes de moi, conclut-il avec un haussement d'épaules, avant de repartir jouer dans le jardin.

Oui, Loukas avait bien grandi et Anna se demandait parfois où étaient passées les neuf années qui avaient suivi sa naissance. On dit toujours que le temps file quand on a un enfant, et force lui était d'admettre que l'adage était exact !

Son garçon à ses côtés, elle avait vécu quelques épreuves mais tellement de joies... Loukas était le soleil de sa vie et elle savourait sa chance d'être maman.

Quand elle avait découvert sa grossesse, Anna avait été traversée simultanément par deux sentiments : la peur et le bonheur. La peur de ne pas être à la hauteur du défi que représentait cette maternité inattendue, alors qu'elle était encore si jeune. Le bonheur absolu de n'être plus jamais seule.

L'amour l'avait guidée, tout au long de ce parcours mouvementé. Il lui avait permis de faire face à la nouvelle qui avait bouleversé son monde.

Comme elle était naïve, alors ! Bien sûr, à l'âge de dix-sept ans, elle n'ignorait pas comment on se retrouve enceinte, pourtant il lui avait fallu trois mois pour comprendre son état. Sans doute avait-elle été dans le déni, refusant l'idée que son unique nuit d'amour ait pu avoir une conséquence aussi définitive.

Anna nourrissait bien des regrets au sujet de cette période de sa vie, mais la naissance de son enfant n'en faisait pas partie. Au contraire, Loukas avait donné un sens à son existence.

Le jour où le médecin lui avait annoncé qu'elle ferait bientôt naître un petit être, elle avait cessé de pleurer. L'enjeu lui avait paru trop important pour qu'elle s'abandonne plus longtemps au chagrin. S'armant de courage, elle était allée trouver la mère supérieure afin de lui demander son soutien.

La vieille femme qui l'avait élevée avec une bienveillante autorité avait accueilli l'information avec son calme habituel, ce qui n'avait pas manqué de troubler Anna. Elle s'était attendue à des cris, à la manifestation d'une émotion plus viscérale, qui aurait indiqué qu'elle comptait pour elle davantage qu'une simple paroissienne. Mais rien n'ébranlait jamais la mère supérieure.

Cette dernière avait attendu qu'Anna achève son propos, puis elle avait joint ses doigts sous le menton, l'air pensif.

« Tu aurais fait une excellente nonne », avait-elle lâché finalement.

Ces quelques mots, prononcés comme une sentence, avaient achevé de déstabiliser Anna. Ils étaient si contraires à ce qu'elle avait toujours pensé ! Bien que sa foi fût profonde, pas un instant elle n'avait envisagé de devenir religieuse. Son cœur était bien trop avide d'amour pour cela. Et que dire de ses rêves peuplés de pensées interdites ?

« Qui est le père ? » avait ensuite demandé la dévote.

Anna avait tenté de rester stoïque, mais la simple évocation d'Estéban avait brutalement rompu la digue de ses émotions.

« C'est ce gamin de Grey Manor, n'est-ce pas ? Celui qui te tourne autour depuis toujours ? »

Comme un signe d'aveu, les larmes avaient afflué aux paupières d'Anna.

« Il n'y a que moi. Et le bébé. »

La mère supérieure s'était alors levée, et, dérogeant à la règle implicite qui régnait au couvent, elle avait pris Anna dans ses bras.

L'étreinte – la première qu'elle recevait en ces lieux –

était maladroite, mais ô combien réconfortante. Elle lui avait fait l'effet d'une bouée dans la tempête et durant quelques instants, Anna s'y était amarrée.

« Tu n'es pas seule, mon enfant. Tu ne l'as jamais été. Le Seigneur est avec toi. »

À cet instant, Anna aurait voulu crier que c'était la présence d'Estéban dont elle avait besoin auprès d'elle. Mais bien sûr, elle s'était abstenue. La religieuse, bien qu'elle se montrât étonnamment conciliante, n'était pas prête à entendre parler de romance.

« Tu resteras au couvent, ma fille. Les sœurs savent prendre soin des jeunes mères et de leur progéniture. »

Le fardeau qui pesait sur Anna s'était soudain allégé, car elle avait craint qu'on la jette dehors sitôt sa confession achevée. Elle n'aurait pas à mendier pour survivre jusqu'à l'arrivée de son bébé sur terre. Elle resterait dans la communauté qui l'avait vue grandir.

« Je ne vous remercierai jamais assez, révérende mère. »

Anna s'était inclinée, pleine de respect pour cette femme qui acceptait son état sans la juger. Sans doute avait-elle connu bien des femmes plongées dans des situations similaires.

« Ne me remercie pas, ma fille. Rien n'arrive par hasard et Dieu nous demande d'accueillir l'enfant que tu portes. Mais tu dois me promettre une chose. »

« Tout ce que vous voudrez, révérende mère. »

« Le père de ton bébé a abusé de ta candeur et pour cela, il mérite les flammes de l'enfer. Nous veillerons sur le fruit innocent de vos péchés, mais à la condition que jamais tu ne revoies cet homme. »

Les mots l'avaient atteinte plus durement qu'un couperet. Vivre sans Estéban était une perspective terrible et mortifère. Pourtant, les yeux baignés de larmes, Anna avait promis.

Et jamais plus elle n'avait revu l'homme de sa vie.

Loukas, qui ressemblait trait pour trait à son père au même âge, lui rappelait chaque jour ce qu'elle avait perdu. Mais loin de la rendre triste, sa vision l'emplissait de joie. Il lui évoquait de tendres souvenirs, tout en lui promettant un avenir heureux auprès de lui.

Anna avait emprunté la voie du bonheur il y a longtemps de cela. Elle avait fait ce choix pour son fils qui méritait une enfance sereine auprès d'une mère aimante.

Cela faisait cinq ans maintenant que tous deux avaient quitté le couvent des Lys, et si elle n'oublierait jamais ce que la communauté religieuse avait fait pour elle, aujourd'hui, Anna était ravie de voler de ses propres ailes.

Son travail à la petite bibliothèque du village lui permettait de payer ses factures et de répondre aux besoins de son enfant. Parce qu'elle avait passé la majorité de sa vie au couvent, Anna se contentait de peu. Quant à Loukas, il avait également vécu chichement sans en éprouver la moindre frustration.

« Ce que nous ne connaissons pas ne nous manque pas », avait coutume de dire la sœur Emily, et elle avait raison.

— Maman ! Viens voir !

La voix mélodieuse de son fils tira Anna de ses pensées. Elle quitta son fauteuil pour aller à sa rencontre.

— Regarde ce que j'ai trouvé !

Elle scruta la fleur indiquée par Loukas, pour y découvrir bientôt une coccinelle.

Un sourire aux lèvres, Anna approcha sa main que le petit insecte gagna aussitôt. L'instant d'après, il s'envolait vers le ciel.

— Elle nous a faussé compagnie ! dit-elle à son fils. Et moi qui comptais l'adopter…

Loukas se mit à rire.

— Tu crois que Caramel et Rockie seraient jaloux d'une si petite bête ?

— Ils sont trop occupés à dormir toute la journée, maman !

Anna sourit à l'évocation des deux chatons qu'ils avaient trouvés sur le pas de leur porte trois mois plus tôt et qui, de toute évidence, avaient décidé d'agrandir leur famille. Comment aurait-elle pu rester indifférente à leur sort, quand elle avait la chance d'avoir un toit sur la tête ?

Cette chance, elle la devait à Mme Spencer, l'une des fidèles paroissiennes qu'elle avait connues à la messe. Avant de quitter le village pour se rapprocher de ses enfants, la charmante vieille dame avait demandé à Anna de prendre soin de Birdy House.

« Cette maison mérite d'être remplie d'amour, Anna, et je sais que tu y seras heureuse avec Loukas, comme je l'ai été avec mes enfants et mon époux. Peut-être un jour la partageras-tu avec un gentil mari. »

Anna l'occupait depuis, pour une somme dérisoire. C'était un lieu cosy et surtout familier. Anna y avait passé tant de temps, lorsqu'elle était plus jeune…

Inquiète de la détresse qu'elle avait perçue chez Mme Spencer à la mort de son tendre Albert, Anna lui avait proposé de l'aider à entretenir ses plantes. Une façon de veiller sur cette femme au grand cœur. Toutes deux s'étaient tenu compagnie jusqu'à devenir amies. À la naissance de Loukas, elles s'étaient encore rapprochées, Mme Spencer s'étant prise d'affection pour le bébé qui lui rappelait ses enfants partis du nid.

Anna n'avait pas été en mesure de couvrir son fils de cadeaux, mais elle lui avait offert le plus beau des présents, une famille, celle de la communauté qui les avait protégés. Les religieuses, Mme Spencer, les habitants de North Grey, tous s'étaient montrés d'une grande générosité à leur égard.

Elle était chez elle à Birdy House et dans ce village qu'elle avait détesté autrefois au point de songer à s'enfuir.

Gagnée par l'émotion, Anna serra Loukas dans ses bras.

— Et si on rentrait préparer le goûter ?

— Tu veux bien me faire des crêpes, maman ? demanda Loukas d'une voix gourmande.

— Va pour les crêpes ! répondit-elle. Mais tu m'aides à faire la pâte, d'accord ?

Pour toute réponse, Loukas glissa une main dans la sienne et tous deux se dirigèrent vers la maison.

Dans la cuisine, Anna alluma le poste de radio avant de rassembler les ingrédients.

— J'adore cette chanson ! lança Loukas tout en fredonnant une musique qu'Anna n'avait jamais entendue.

Son fils avait une vie bien à lui désormais. Des chanteurs préférés dont elle ignorait tout, des passions qu'elle ne partageait pas toujours, comme cet attrait pour les sciences qu'il avait découvertes à l'école. Il mettait ses apprentissages à l'épreuve chaque fois qu'il le pouvait, à travers tout un tas d'expériences plus ou moins fouillées.

Loukas avait hérité du caractère calme de son père et pouvait passer des heures dans sa chambre, à dessiner les plans d'une nouvelle invention. Dans le jardin, il montait et démontait des petits objets électroniques ou réparait son vélo avec une application touchante.

C'était un enfant solaire et le voir évoluer ainsi emplissait Anna d'allégresse. Parfois cependant, elle aurait voulu suspendre le temps, prolonger ces moments fugaces où l'esprit s'aiguise et les sens s'affûtent pour faire d'un petit être un adulte en devenir.

Balayant la nostalgie qui s'emparait d'elle, Anna se mit à chanter elle aussi, au rythme du fouet qui battait le lait et les œufs.

L'après-midi fut doux et joyeux, pour son fils et elle. Quand vint l'heure d'aller se coucher, Anna dut porter Loukas jusqu'à son lit, après qu'il se fut endormi sur le canapé tandis qu'elle lui lisait l'histoire du soir.

— Dors bien, mon chéri. Fais de beaux rêves bleus avec des nuages blancs autour, murmura-t-elle à son oreille.

Elle déposa un baiser sur le front de Loukas, remonta la couette sous son menton, puis quitta la pièce à pas feutrés.

Il faisait nuit à présent et comme elle le faisait chaque soir, Anna s'installa sous son porche avec une infusion de verveine provenant de son jardin.

C'était l'un des moments qu'elle préférait dans la journée – avec celui où elle retrouvait son fils à la sortie de l'école. Durant une petite heure, elle contemplait le ciel, les étoiles s'il y en avait, en savourant son breuvage.

Entourée de calme, elle prenait son stylo fétiche et se confiait dans une lettre.

Cette lettre avait le même destinataire depuis dix ans – Estéban – et le même objet : leur fils.

À l'homme qu'elle avait tant aimé, elle décrivait cet enfant unique et merveilleux dont il ignorait jusqu'à l'existence. Elle lui contait sa journée, les grandes joies et petits chagrins qu'il vivait dans la cour de récréation ou à la maison.

Quelques lignes ou quelques pages quotidiennes qui

donnaient à Anna l'impression de conserver un lien avec Estéban. Quand ils avaient été séparés, elle n'avait pas su renoncer tout à fait à lui.

Ces courriers qu'il ne lirait jamais étaient comme la partition inachevée de leur histoire d'amour. Était-ce la raison pour laquelle elle n'avait pas cessé d'écrire, malgré les mois puis les années écoulés ?

Anna ne supportait le silence que parce que résonnait encore en elle la symphonie vibrante de ce qu'aurait pu être sa vie, si elle l'avait passée auprès d'Estéban et de l'enfant qu'ils avaient conçu ensemble.

À défaut de vivre ce rêve, elle le couchait sur le papier, chaque nuit depuis celle, néfaste, où elle avait dit adieu à l'homme qu'elle adorait.

Estéban, mon amour,

Ce soir notre fils m'a annoncé qu'il voulait être docteur. Tu aurais dû voir son air déterminé quand il a sorti de sa poche la liste des instruments qui lui seraient nécessaires pour remplir sa tâche.

Je ne suis pas tout à fait sûre qu'un médecin utilise un compas dans l'exercice de ses fonctions, mais Loukas était si enthousiaste que je ne l'ai pas détrompé.

Il aime les sciences, comme toi. La géométrie est sa dernière passion et chaque objet de notre maison est scruté à la loupe – ou à l'équerre –, afin que soit établi le nombre de ses faces, de ses arêtes ou que sais-je encore.

Ses professeurs le disent brillant – et je partage bien sûr leur opinion. Loukas est si vif, si intelligent…

Il est ma fierté et ferait la tienne, si seulement tu avais la chance de le connaître.

Je penserai à nos retrouvailles en m'endormant, comme je le fais chaque soir.

L'espoir ne m'a jamais quittée, Estéban.

Il gonfle mon cœur, comme l'amour que je te porte depuis toujours et à jamais.

Prends soin de toi, où que tu sois.

Ton Anna

2.

Tout réussissait à Estéban Samaras, et le panorama qui s'offrait à cet instant même à sa vue en était pour lui une illustration jouissive.

Chaque matin, débarrassé de son téléphone portable mais toujours muni de sa tasse de café noir, il venait s'asseoir sur un rocher de la petite crique que surplombait sa villa. Face à la mer Égée, il élaborait mentalement le programme de sa journée. C'était un rituel auquel il ne dérogeait jamais quand il avait la chance de séjourner sur son île privée – un moment arraché à son agenda surchargé d'homme d'affaires.

Le bleu du ciel et de la mer apportait un peu de sérénité à son existence mouvementée. Ce lien avec la nature lui était aussi vital que le plaisir qu'il goûtait à être dehors.

Parce que son enfance passée à Grey Manor lui avait paru être synonyme de captivité, il savourait désormais sa liberté. Une liberté chèrement acquise mais fragile, pour celui qui oublie de prendre le temps de vivre.

Hormis cette heure passée dans l'oisiveté et la solitude, Estéban travaillait. Il avait mis un point d'honneur à installer le siège de sa société en Grèce, même si, pour conclure de juteux contrats, il voyageait aux quatre coins du globe.

Quand il avait quitté l'orphelinat, Estéban était

d'abord resté quatre ans en Angleterre, le temps pour lui de monter sa société, Grey Corp. Il s'était alors tout naturellement associé à Alejandro et Harrison qui, bien que très jeunes encore à l'époque, avaient montré un véritable talent pour les affaires.

« À l'école de la vie, on apprend vite, et bien davantage que sur les bancs des universités les plus prestigieuses », aimait-il à leur répéter.

Comme ses amis, Estéban était un autodidacte pur et dur. D'un fardeau, tous trois avaient fait une fierté.

Leur force.

Grey Corp. était une agence immobilière spécialisée dans la vente de bâtiments de caractère. Partout dans le monde, les talentueux acteurs de la société dénichaient pour les racheter d'anciennes demeures à fort potentiel – autrement dit des ruines. Ils les transformaient ensuite en propriétés de très haut standing.

Châteaux français, manoirs anglais et autres bâtisses en décrépitude trouvaient une nouvelle vie grâce à l'équipe d'experts qu'Estéban avait réussi à s'octroyer. Rémunérés à hauteur de leurs talents, photographes, architectes, historiens de l'art travaillaient de concert sur les plans les plus audacieux, avant que les meilleurs bâtisseurs et compagnons viennent les exécuter.

Pour conquérir une clientèle d'élite et faire fortune, on ne lésine pas sur les moyens. Estéban, Alejandro et Harrison l'avaient bien compris.

Ils n'avaient pas hésité longtemps sur le nom à donner à leur société. Quelle revanche sur leur enfance cela avait été de baptiser leur empire du même nom que le lugubre manoir qu'ils avaient connu !

La *success story* du trio avait fait les choux gras de la presse. « Les orphelins tourmentés » étaient devenus milliardaires et figuraient parmi « les plus beaux partis de la planète », à en croire le dernier classement en date.

Si Estéban trouvait ce qu'on racontait de lui d'une incroyable stupidité, il ne pouvait que se réjouir de la publicité que cela offrait à Grey Corp. Et puis, les femmes s'arrachaient ses faveurs, ce qui lui épargnait d'avoir à les courtiser. Estéban n'était pas du genre sentimental ; il avait appris de ses erreurs de jeunesse, fort heureusement.

Il collectionnait les maîtresses sans jamais s'attacher à aucune d'elles, et cela lui convenait parfaitement. Dans sa vie professionnelle comme dans sa vie privée, il restait maître des circonstances.

Oui, tout réussissait à Estéban, depuis qu'il avait pris le contrôle de sa vie. Chaque aspect de son existence était le résultat d'une décision mûrement réfléchie. Du moins le croyait-il, jusqu'à ce qu'une nouvelle inattendue et incroyable lui parvienne la veille.

Il avait un fils.

Le café lui parut plus amer que d'ordinaire, tandis que lui revenait en mémoire sa conversation avec Harrison.

Tous deux s'entretenaient régulièrement au téléphone, notamment au sujet des affaires en cours, mais pour lui révéler qu'il était père, son ami avait fait le déplacement jusqu'à l'île de Samaras.

« Tu as un enfant, Estéban. Un petit garçon âgé de neuf ans. »

Les mots de Harrison avaient paru irréels à Estéban, pourtant pas une minute il n'avait remis en question la parole de son ami. Parce qu'il était incapable de se représenter ce secret si brutalement dévoilé, ses pensées s'étaient naturellement tournées vers la jeune femme qu'il avait tant aimée.

« Est-ce qu'Anna va bien ? » avait-il simplement répliqué.

Harrison n'avait pas eu besoin de la mentionner pour qu'Estéban comprenne qu'elle était la mère de l'enfant. Elle avait été sa première amante et après leur séparation, il s'était tenu éloigné des femmes durant deux années au moins. Et puis, quelle maîtresse, en dehors de la modeste orpheline, aurait laissé passer l'aubaine de présenter sa progéniture à un milliardaire ?

« Elle est heureuse. »

Bien sûr qu'elle l'était. À quoi s'était-il attendu ? À ce qu'elle se morfonde, écrasée de chagrin, pour l'avoir perdu à jamais ?

Contrairement à lui, Anna avait toujours su tirer le meilleur de la vie. Auprès d'elle, il avait capté cette lumière qui l'auréolait. Sa douceur naturelle l'avait réchauffé durant les plus sombres moments de son enfance puis de son adolescence.

Mais leurs chemins s'étaient séparés et lui était resté dans les ténèbres.

« Tu es sûr de toi, Harry ? » avait-il fini par demander d'une voix altérée.

Son ami s'était contenté de hausser un sourcil. Il n'était pas du genre à faire une telle annonce sans s'être assuré au préalable de sa véracité.

En silence, il lui avait tendu un cliché – la preuve incontestable de sa paternité.

Revenant au présent, Estéban abandonna sa tasse vide sur le rocher pour descendre sur la plage. Il avança vers la mer, jusqu'à ce qu'une vague vienne lécher ses pieds nus. Il n'avait pas encore revêtu son costume et portait à cette heure une tenue décontractée. Son pantalon de lin beige était remonté sur ses chevilles, tandis que les manches de sa chemise blanche étaient retroussées.

Le contact de l'eau lui apporta une fraîcheur agréable, alors qu'il offrait son visage au soleil.

Glissant la main dans sa poche, il en sortit la photographie dont il connaissait maintenant chaque détail. Le petit garçon qui y figurait était son portrait au même âge.

Cheveux ébène, yeux noirs ourlés de cils tout aussi noirs.

On aurait pu croire qu'il s'agissait de lui jadis – à un détail près. L'enfant sur le cliché arborait un large sourire que jamais personne n'avait vu aux lèvres d'Estéban à l'époque.

Le sourire serein de l'innocence.

En lui cachant qu'il était père, Anna avait-elle cherché à protéger leur fils de lui ? Elle connaissait la noirceur de son âme mieux que quiconque.

Troublé à cette idée, Estéban ramassa une pierre sur le rivage qu'il lança au loin. Après quelques ricochets sur l'immensité bleue, le galet, aussi lourd que son cœur, coula à pic.

Gagné par la colère, il prit un deuxième caillou, puis un autre, et les envoya dans la mer tour à tour. Il accompagna chaque geste d'un cri furieux.

Comment aurait-il pu rester calme, alors que la femme qu'il avait chérie l'avait trahi ? Non seulement Anna ne l'avait pas suivi quand il avait quitté North Grey, mais pire encore, elle avait gardé secrète la naissance de leur fils.

Estéban ne savait rien de ce petit garçon au visage d'ange. Et cette idée lui était insupportable.

Tournant le dos à la mer, il prit la direction de la côte. Pas question de sombrer dans les regrets ou la nostalgie.

Maintenant qu'il connaissait la vérité, il savait exactement ce qu'il devait faire.

Certes, il s'était juré de se tenir à jamais éloigné de Grey Manor, mais cette promesse ne valait rien comparée à la découverte qu'il venait de faire.

Estéban était père et il était temps pour lui de rencontrer son fils.

Il ne fallut pas plus de cinq minutes à Estéban pour regagner la villa Samaras, un joyau méditerranéen.

Comme la plupart des maisons grecques, elle était tout en arrondis. Ses portes et volets étaient peints dans cette nuance de bleu typique de la région.

Contrairement aux demeures qu'il restaurait et vendait par le biais de Grey Corp., Estéban avait voulu pour son usage personnel bâtir une maison modeste.

Enfin, modeste n'était peut-être pas le terme le plus approprié pour décrire sa propriété. Dotée de deux salons et de huit chambres bénéficiant chacune d'une salle de bains privative, elle disposait en outre d'une piscine à débordement et d'une vaste terrasse protégée du soleil par une pergola. Mais elle tirait toute sa splendeur d'une vue sur la mer époustouflante et de son jardin fleuri. Le bougainvillier rouge caractéristique du pays en était la pièce maîtresse ; ses fleurs offraient un contraste saisissant avec les murs blanchis à la chaux.

Ce matin-là, toutefois, Estéban n'avait pas l'intention de s'attarder au milieu de ses plantes.

Il gravit quatre à quatre les marches du petit escalier de pierre qui donnait un accès direct à son bureau depuis le patio. Saisissant son smartphone, il convoqua immédiatement Calliope, qui habitait avec son mari Hector une villa voisine. Tous deux étaient à son service depuis de longues années, elle comme assistante et gouvernante, lui comme homme de confiance. D'une redoutable efficacité, Calliope forçait son admiration par la sagesse dont elle faisait preuve en toute occasion.

Quelques minutes plus tard, elle le rejoignait, vêtue de sa tenue habituelle, une robe ample plus confortable qu'élégante.

— Tu as des soucis, mon garçon, lui dit-elle en grec.

Ce n'était pas une question, et Estéban ne chercha pas à nier.

— J'ai un fils.

Calliope cilla, le temps pour elle d'assimiler la nouvelle. Puis à sa grande surprise, elle se jeta dans ses bras.

— *Brávo, o gios mou* ! Félicitations, mon fils ! Un enfant est le bien le plus précieux sur terre.

Ses yeux se noyèrent de larmes. La pauvre femme n'avait pas pu donner la vie mais elle avait été la nounou de nombreux enfants, avant qu'un mal de dos chronique la contraigne à travailler derrière un bureau. Elle avait gardé de ces années passées auprès de « ses bébés », comme elle aimait à appeler les rejetons qui lui avaient été confiés, une rare spontanéité et une capacité à rire de tout.

— Hector et moi avons prié pour que tu connaisses ce bonheur.

Estéban se raidit. Il n'avait pas goûté au bonheur depuis longtemps et la découverte de sa paternité le plongeait dans le désarroi bien davantage que dans la joie. Mais comment aurait-il pu détromper sa secrétaire ?

— Loukas a neuf ans… et habite en Angleterre avec sa mère.

À ces mots, Calliope fit un bond en arrière, ses traits

soudain empreints de gravité. Elle prenait enfin la mesure de la situation.

— Tes bagages seront prêts dans une heure, Estéban.

Sur ces mots, elle sortit en trombe. Ainsi donc, il n'était pas le seul à envisager sa rencontre avec ce fils inconnu comme une urgence absolue.

Plutôt que de présider une réunion cruciale avec un investisseur qui devait faire le déplacement jusqu'à Samaras dans la matinée, il survolerait l'Europe. Avec un peu de chance, Hector parviendrait à arrondir les angles, en proposant à l'homme d'affaires et sa maîtresse en date de profiter de l'île pendant quelques jours, aux frais de son propriétaire. Mais si ce rendez-vous manqué aboutissait à faire échouer une transaction engagée de longue date, eh bien, Estéban en prendrait son parti.

À cette heure, il se moquait des conséquences de son départ précipité. Rien n'était plus important que de trouver au plus vite le petit Loukas.

Et Anna.

Estéban s'était offert un jet rutilant et les services de la meilleure équipe qu'on puisse trouver à bord d'un avion. Il aimait parcourir la planète dans le confort de sa cabine ou de son bureau luxueux. Et jamais il ne s'y ennuyait, dans la mesure où il pouvait là tout aussi bien travailler, se restaurer ou même dormir.

Pourtant, ce court trajet qui le menait en Angleterre lui parut interminable.

Il aurait pu accepter la proposition de Harrison de l'accompagner à North Grey, mais il n'avait pas eu le cœur d'imposer ce supplice à son ami. Il ignorait d'ailleurs ce qui avait poussé en premier lieu Harrison à rompre le pacte que les jeunes orphelins qu'ils étaient avaient conclu de « partir pour ne jamais revenir ».

Choqué d'apprendre sa paternité, Estéban n'avait pas même songé à interroger son ami sur les raisons qui l'avaient conduit au village de leur enfance quelques jours plus tôt. Pourquoi ce dernier ne l'avait-il pas informé d'un tel voyage ? Quoi qu'il en soit, sans ce périple énigmatique et la rencontre fortuite entre Harrison et Loukas, Estéban ignorerait encore avoir un fils. Pour toujours peut-être.

Le destin.

Pourquoi ce mot tournoyait-il dans son esprit ? Le jour où Anna l'avait trahi, elle avait brisé ce lien qu'il croyait éternel. Il serait un imbécile de croire que leurs retrouvailles puissent avoir une quelconque signification spirituelle. Leur histoire s'était terminée au moment où ils avaient été séparés, bien qu'il ait mis des années à l'admettre.

Il se redressa dans son fauteuil de cuir tout en jetant un œil à travers le hublot. L'avion flottait au-dessus des nuages qu'il avait si souvent observés, gamin. Il avait conquis la terre et le ciel et refusait de sombrer dans la nostalgie. C'était une faiblesse qu'il ne pouvait se permettre.

Chassant les souvenirs qui l'assaillaient, il fit signe à l'hôtesse de lui apporter un café. Puis, quand il eut devant lui un plateau garni d'un petit déjeuner digne d'une table étoilée, il ouvrit le dossier que lui avait remis Harrison en même temps que la photo de son fils.

« Je n'ai pas eu le temps de faire des recherches fouillées, mais voici les premières informations que j'ai pu recueillir à North Grey », lui avait-il dit en lui tendant une liasse de documents. « Je ne me suis pas attardé. J'ai pensé que tu voudrais *savoir* au plus tôt. »

Estéban *savait* maintenant l'essentiel : il avait un fils.

Cependant, bien des questions restaient sans réponse. Pourquoi Anna lui avait-elle caché sa grossesse ? Après leur unique nuit d'amour, elle avait renoncé à le suivre, mais comment avait-elle pu le priver de cet enfant qu'ils avaient conçu ensemble ? Sans doute avait-elle douté de sa capacité à être un père digne de ce nom, lui qui avait perdu le sien si jeune... Si elle avait à ce point manqué de confiance en lui, que valaient donc les déclarations d'amour qu'elle lui avait faites jadis, leurs projets de fonder une famille quand ils seraient en âge de se marier ?

La réalité restait une énigme pour lui : Anna l'avait quitté dès qu'ils avaient été libres de s'aimer.

La feuille devant lui indiquait qu'elle était bibliothécaire à North Grey. Il ne se souvenait pas que le petit village ait compté une bibliothèque. Tandis qu'il faisait fortune, la petite orpheline avait continué à vivre chichement. Avait-elle seulement un jour quitté le village ?

Durant ces longues années, il s'était imaginé qu'elle avait fini par partir, au bras d'un homme bien comme il faut qu'elle aurait épousé. S'il l'avait sue célibataire, aurait-il résisté à l'envie de venir la retrouver pour exiger des explications ? La fierté l'avait toujours dissuadé de s'enquérir du sort de celle qui l'avait abandonné.

Sa vision se brouillait à mesure qu'il parcourait les documents. La rage l'aveuglait, la frustration l'étouffait. Et ce voyage qui n'en finissait pas...

Enfin, ils arrivèrent à destination. Estéban le sut avant même que le pilote annonce leur atterrissage imminent. Le cœur douloureux, comme comprimé dans un étau, il crut un instant que les ténèbres allaient l'engloutir comme jadis. Mais il se ressaisit aussitôt.

Il n'était plus un enfant tourmenté ni l'orphelin de Grey Manor. Jamais plus on ne le verrait courber l'échine ! Estéban Samaras avait aujourd'hui le monde à ses pieds.

3.

Comme la cloche de l'école voisine retentissait, Anna rassembla à la hâte ses affaires avant de quitter la bibliothèque.

— À demain, Sally ! lança-t-elle à la jeune femme qui prenait le relais pour la soirée.

L'un des avantages de travailler dans un si petit village était qu'elle n'avait qu'une rue à traverser pour aller chercher son petit garçon à la sortie des classes. Autrefois, quand l'établissement était encore réservé aux jeunes filles, c'est elle qui attendait la sonnerie, le regard tourné vers la fenêtre. Mais à la fin de la journée, hélas, aucun parent ne l'attendait devant les grilles. Avec quelques-unes de ses camarades orphelines, Anna se contentait de rejoindre la sœur Emily venue les chercher pour les ramener au couvent, situé non loin de là.

De cette époque, Anna avait gardé une habitude, celle d'observer ceux et celles qui se pressaient là pour des retrouvailles quotidiennes.

Il y avait la maman inquiète, cherchant du regard sa progéniture qui tardait à franchir le portail. Où croyait-elle donc que son rejeton pouvait bien se trouver, si ce n'est dans l'établissement ? Le soulagement qu'elle affichait au moment d'apercevoir son enfant avait toujours amusé Anna.

Il y avait le papa fier, celui qui ébouriffait ses têtes blondes tout en leur demandant à voix forte comment s'était passée leur journée. Ou le papa plus discret, adossé contre un arbre, qui d'un simple mouvement du menton indiquait à son petit de le rejoindre.

Partout, les mêmes sourires, les mêmes yeux débordant d'amour. Pour tous ces parents et leurs enfants, ces instants paraissaient avoir été précédés d'une trop longue attente.

Jadis, Anna avait envié ses camarades pour cette douceur qu'ils recevaient comme si c'était la chose la plus naturelle du monde – un dû. Elle avait imaginé la sensation qu'on devait éprouver à sentir le baiser d'une maman se poser sur sa joue, ou la grande main d'un papa se refermer sur la sienne.

Elle avait pleuré quelquefois, le soir, dans son lit du couvent des Lys. Elle avait pleuré cette enfance qu'elle ne connaîtrait jamais. Elle avait pleuré sa solitude.

Puis un jour, la digue de ses émotions s'était consolidée. Et Anna avait cessé d'être triste. Sans jamais plus chercher à ignorer ses sentiments, elle les avait domptés. Elle avait cherché dans chaque situation d'apparence sinistre sa lucarne de lumière. Ce revirement, elle le devait à sa rencontre avec Estéban. À l'élan d'amour qu'il avait provoqué en elle et qui avait empli son cœur, au point d'y déloger les vestiges de son chagrin. Le petit garçon qu'il était alors avait bouleversé son monde.

Et c'était le fruit de leur amour inconditionnel qu'elle attendait à cet instant même, devant l'école de North Grey.

Un sourire aux lèvres, elle se hissa sur la pointe des pieds pour chercher Loukas dans la foule de bambins qui accouraient de toutes parts. Leurs regards s'accrochèrent soudain et il se précipita vers elle. Mais au lieu de se jeter dans ses bras comme il avait coutume de le faire, le petit garçon s'arrêta net, à un mètre d'elle. Il levait les yeux à présent, fixant un point derrière elle.

Saisie par un frisson, Anna se retourna et, sous le choc, porta la main à sa bouche.

Il était là. L'objet de ses pensées.

— Bonjour, Anna.

Estéban.

Il la couva d'un regard intense mais indéchiffrable. Était-ce de la colère qui brillait au fond des prunelles noires ? Difficile à dire, mais elle fut incapable d'esquisser le moindre mouvement. Jusqu'à ce qu'il pose les yeux sur Loukas. Alors, mue par un instinct protecteur, Anna ramena son enfant dans son giron.

— Tu as passé une bonne journée à l'école, mon chéri ? balbutia-t-elle d'une voix tremblante.

Mais Loukas garda le silence. Il continuait d'observer Estéban avec curiosité. On aurait presque pu voir les rouages de son esprit en action. Il était si vif, si intelligent qu'il ne tarderait pas à comprendre la situation.

Alors Anna fut tentée de fuir avec lui, loin. Pourtant, tandis qu'elle saisissait la main de Loukas, elle prit conscience de l'absurdité de sa démarche. Il était trop tard, comme le lui confirma bientôt son fils :

— C'est *toi*, n'est-ce pas ? lançait-il à l'adresse d'Estéban.

Celui-ci rompit la faible distance qui les séparait encore, avant de poser un genou à terre pour se mettre à la hauteur du petit garçon.

— Qui suis-je, d'après toi ?

Loukas le dévisagea encore quelques instants, d'un air solennel qu'Anna ne lui connaissait pas.

— Tu es Estéban Samaras. Mon papa.

Sans qu'Estéban puisse rien y faire, les mots s'étaient nichés directement dans son cœur, qui se mit à battre à coups redoublés. Il avait cru être prêt à rencontrer Loukas, mais de toute évidence, ce n'était pas le cas. Incapable de rétorquer quoi que ce soit, il se contenta d'attirer le petit garçon à lui pour le serrer dans ses bras. Là, au milieu des habitants de North Grey.

— Nous devrions aller discuter chez moi.

La voix d'Anna le tira de sa torpeur et à regret, il relâcha la frêle silhouette blottie contre lui.

En silence, Estéban se redressa tout en jetant un œil alentour. Évidemment, le groupe qu'il formait avec Anna et leur fils était au centre de l'attention. Et à n'en pas douter, tous trois alimenteraient les discussions sitôt qu'ils auraient le dos tourné.

L'avait-on reconnu ? Dix ans avaient passé, mais il était un enfant du pays, pour ainsi dire, même s'il n'en était pas originaire. Déjà, quelques regards appuyés et murmures lui confirmaient qu'il n'était pas passé inaperçu. Lui-même identifia quelques fantômes de son passé – parmi lesquels le vénérable docteur appelé à son chevet quand il avait contracté la scarlatine –, mais aucun de ses camarades. Il n'en fut guère étonné : après l'incendie du manoir, les orphelins avaient été dispersés dans différents établissements d'Angleterre. Bien que la plupart aient passé toute leur enfance à North Grey, ils avaient quitté le village dans un écran de fumée rougeoyante. Les avait-on seulement regrettés ?

Revenant au présent, Estéban emboîta le pas d'Anna qui, tenant Loukas par l'épaule, se frayait un chemin parmi les parents d'élèves, un sourire crispé aux lèvres. Il aurait voulu l'obliger à lui faire face alors qu'elle évitait son regard, mais il s'en abstint. Il avait horreur de se donner en spectacle, et puis, le petit garçon qui trottinait devant lui l'incitait à la prudence. Pas question de brusquer cet enfant. Il n'était pour rien dans leur séparation originelle.

Anna, en revanche…

Les poings serrés dans ses poches, il la suivit le long de la rue principale, puis ils bifurquèrent dans une allée familière. Était-il déjà venu là ? Soudain, un souvenir s'imposa à son esprit.

— Tu habites chez cette dévote insupportable, n'est-ce pas ? Celle qui tourmentait son mari chaque fois qu'il s'attardait avec ses vieux camarades après la messe ?

La main posée sur la poignée d'un portail en fer forgé, Anna se retourna brusquement.

— Je dois beaucoup à Mme Spencer, dit-elle, sur la défensive. Elle a été là pour moi quand j'ai eu besoin d'aide.

La remarque ne fit qu'accroître la colère d'Estéban. Autrefois, il avait promis de prendre soin d'Anna, et il l'aurait fait, si seulement elle lui en avait laissé la possibilité. Au lieu de cela, elle s'était tournée vers les membres de cette communauté à la morale étriquée qu'ils étaient convenus de fuir ensemble.

— Cette vieille bigote m'a toujours détesté, ne put-il s'empêcher d'ajouter.

Anna le considéra quelques instants, comme si elle soupesait ses paroles.

— Peut-être bien…, conclut-elle en lui faisant signe d'entrer.

Estéban n'avait pas été un enfant sage et encore moins un adolescent discipliné. Mais son ancienne réputation de mauvais garçon était exagérée. N'était-ce pas justement parce qu'on l'avait qualifié de rebelle qu'il en avait peu à peu adopté l'attitude ?

Quoi qu'il en soit, beaucoup s'étaient mépris à son sujet. Il n'avait pas combattu l'autorité mais l'injustice. Or cette nuance-là échappe à tous ceux qui abusent de la première pour faire régner la seconde. Il en avait été le témoin en bien des occasions.

— Alors c'est là que vous vivez…

Pour toute réponse, Anna hocha la tête tandis que Loukas s'approchait, sa petite main tendue vers lui.

— Viens, je vais te montrer.

Le petit garçon l'entraîna au fond du jardinet.

— Voici ma cabane, je l'ai construite avec maman. S'il fait très beau cet été, j'aurai le droit de dormir dedans.

La gorge nouée, Estéban observa le tipi de branchages sous lequel son fils venait de s'abriter.

— Maman va coudre un rideau pour la fenêtre, ajouta l'enfant avec enthousiasme. Tu peux entrer, si tu veux.

Incapable de résister, Estéban s'assit en tailleur dans l'herbe, cependant son mètre quatre-vingt-dix l'empêchait de pénétrer dans la petite cahute.

— C'est une très belle cabane, fit Estéban. On voit que tu y passes beaucoup de temps.

À l'intérieur, une minuscule table avait été installée, sur laquelle trônaient quelques bandes dessinées.

— C'est petit mais c'est chez nous ! lui répondit Loukas avec fierté.

Estéban se tourna vers Anna, qui les observait de loin et dont il venait de reconnaître la philosophie. Pouvait-il se réjouir que son fils partage la modestie de cette dernière ? Loukas ignorait tout du vaste monde et des possibilités que la vie lui réservait. Il ne savait pas même qu'il était l'héritier d'un milliardaire !

— Je dois parler avec ta maman. Joue tranquillement, nous nous verrons ensuite.

Loukas sortit de sa cachette pour se précipiter vers une balançoire accrochée entre deux arbres. Comme l'enfant s'élançait dans les airs, Estéban rejoignit Anna sous le porche de la maison. Elle n'avait rien manqué de son échange avec leur fils.

— C'est un chouette gamin, dit-il sans le quitter des yeux.

Modeste et débordant de vie, comme l'avait été sa mère.

— Il te ressemble beaucoup, souffla Anna.

À ces mots, Estéban se tourna vers elle. Il y avait une telle douceur dans sa voix, une telle tendresse dans le regard dont elle couvait Loukas, qu'il aurait pu en être attendri, si la fureur n'avait pas rongé son cœur depuis qu'il avait appris la nouvelle de sa paternité.

— Il ne me connaît pas, rétorqua-t-il avec gravité.

Anna battit des cils, visiblement en proie à une vive émotion. Allait-elle se mettre à pleurer ? Estéban n'était pas sûr de pouvoir le supporter. Elle n'avait pas le droit d'être triste, alors qu'elle était seule responsable de ce désastre.

— J'ai espéré ton retour, murmura-t-elle après un long silence.

Elle avait pâli, mais il ne se laissa pas attendrir.

— Et tu crois que cela va me suffire ? Tu as *espéré* mon retour sans jamais prendre la peine de m'annoncer que j'avais un fils ?

Il avait parlé d'un ton dur, incapable de contenir plus longtemps la colère qui le submergeait.

— Les choses sont parfois plus compliquées qu'il y paraît. Nous étions si jeunes à l'époque… Je…

— Je n'ai que faire de tes explications ! la coupa-t-il dans un sursaut de fierté.

En réalité, il mourait d'envie de connaître la vérité,

la raison pour laquelle Anna l'avait trahi au moment même où ils se juraient de s'aimer éternellement. Mais pour l'heure, il devait se concentrer sur l'essentiel, sur cet enfant qu'ils avaient conçu ensemble.

— Je suis venu chercher Loukas.

Anna vacilla sous le poids des mots. Dans ses rêves, elle avait souvent imaginé ses retrouvailles avec Estéban, certaine que le destin leur offrirait une chance de se revoir. Elle s'était plu à inventer leurs dialogues comme le doux prolongement de ceux qu'ils avaient eus autrefois. Elle avait été sûre qu'il suffirait qu'Estéban la voie pour qu'il comprenne tout.

Sa peur, sa détresse, ses regrets, tous ces sentiments qui avaient découlé de la nuit tragique qui avait marqué leur séparation. Elle avait été persuadée de faire le bon choix à l'époque, le seul possible, mais la menace qui pesait à cet instant sur son bonheur l'empêchait de s'en expliquer auprès d'Estéban.

— Mon fils n'ira nulle part, déclara-t-elle avec une assurance qu'elle était loin de ressentir. Sa vie est ici, auprès de moi.

— « Nulle part » : voilà qui décrit bien ce village ! riposta-t-il avec amertume. Cet endroit est une impasse, une prison pour l'esprit ; il n'offre aucune perspective et je refuse que Loukas y gâche ses plus belles années.

Les mots firent à Anna l'effet d'une gifle. Elle avait toujours mis l'épanouissement de son enfant au centre de ses priorités. Certes, North Grey n'avait pas les atouts d'une grande ville, mais il offrait à Loukas un cadre de vie agréable.

— Est-ce que tu te rends compte de tout ce dont il a été privé jusqu'ici ? poursuivait Estéban, impitoyable. Si je l'avais connu plus tôt, je lui aurais offert une existence dorée et la meilleure éducation qui soit !

— Loukas ne manque de rien, riposta-t-elle, piquée au vif. Il est heureux !

Pourquoi se justifiait-elle ? Durant de nombreuses années, elle avait cru devoir rendre des comptes à tous ceux qui d'une manière ou d'une autre avaient veillé sur elle. Elle avait tout fait pour plaire aux religieuses qui l'avaient recueillie puis élevée, pour se conformer à leurs attentes. Elle avait redoublé d'efforts à l'école, pour satisfaire ses enseignants.

Mais à présent, elle était adulte, maman, et maîtresse de sa vie. Elle ne devait rien à personne.

— Ce n'est pas à toi de décider ce qui est bon pour mon fils ! ajouta-t-elle en soutenant le regard farouche posé sur elle.

— Il s'agit de *notre* fils, Anna. Et je ne te laisserai pas me tenir éloigné de lui un jour de plus…

Il y avait une telle détermination chez cet homme qu'elle se laissa tomber dans un fauteuil de rotin, vaincue. Déjà, les larmes affluaient à ses paupières. Des larmes de désespoir.

— Loukas est toute ma vie, balbutia-t-elle entre deux sanglots.

La peur avait pris possession d'elle. Parce qu'elle avait suivi dans les journaux l'ascension fulgurante d'Estéban Samaras, Anna n'ignorait rien du pouvoir qui était le sien. S'il décidait d'obtenir la garde de Loukas, elle n'aurait aucun moyen de riposter. Que pèserait l'amour d'une mère face à une armée d'avocats ?

— Ne me l'enlève pas, Estéban.

Elle était belle, plus belle encore que dans ses souvenirs. Peut-être en raison de la maternité, ses courbes s'étaient épanouies. La robe fleurie qu'elle portait lui donnait un air innocent tout en mettant en valeur son corps parfait. Le haut à manches longues épousait ses épaules et ses bras graciles, tandis que le col en V révélait son décolleté tout en sagesse. La ceinture argentée soulignait sa taille fine, avant que le tissu glisse sur ses hanches, dissimulant ses longues jambes jusqu'à hauteur du genou.

La jeune fille d'autrefois s'était muée en une femme splendide – et sexy. Estéban aurait pu rester là des heures à la contempler, mais les larmes qui baignaient son visage parsemé de taches de rousseur le rappelèrent à la réalité.

— Tu crois que j'en serais capable ? demanda-t-il, perplexe.

Elle cilla.

— Pardon ?

— Tu crois que je t'enlèverais Loukas ? *Moi* ?

Son regard rivé au sien, elle semblait chercher à lire en lui.

— Je ne sais pas, Estéban. J'ignore quelles sont tes intentions.

Celle qu'il avait chérie avait-elle disparu à jamais, le jour où ils s'étaient quittés ?

— Comment peux-tu imaginer un seul instant que je priverais un enfant de sa mère ? Après ce que nous avons traversé…

Tous deux étaient orphelins, bon sang ! Pour avoir perdu ses parents très jeune, Estéban savait mieux que quiconque qu'on ne sépare pas volontairement les membres d'une famille.

Comment oublier la souffrance qu'il avait ressentie au moment du drame ? Elle était gravée en lui. Il y avait d'abord eu cette attente interminable et absurde, durant laquelle il avait espéré de toutes ses forces voir revenir ceux qu'il aimait, alors qu'on lui avait expliqué qu'ils étaient perdus à jamais. Puis un immense chagrin s'était abattu sur lui, quand il avait *compris*. Enfin, à la place de son cœur, un vide s'était logé, une béance qui aurait pu le détruire, s'il n'avait pas rencontré ses frères à l'orphelinat, puis Anna. L'amitié et l'amour l'avaient sauvé du néant.

Et Anna le croyait capable de faire vivre l'enfer au fils qu'il venait de rencontrer ?

— Tu as dit que tu étais venu chercher Loukas…, souffla-t-elle d'une voix éraillée.

— C'est le cas.

Elle ouvrit de grands yeux effrayés.

— Je ne comprends pas.

— Au contraire, tu as très bien compris. Il est temps pour toi de tenir la promesse que tu m'as faite il y a dix ans.

Dans les yeux verts, les larmes s'étaient taries. Ils brillaient à présent d'une lueur intense.

— De quelle promesse parles-tu ?

Il fit un pas vers Anna et ramena une boucle rousse derrière son oreille.

— Suis-moi au bout du monde. Épouse-moi.

4.

Anna était sous le choc. Depuis ses retrouvailles avec Estéban, elle avait l'impression de vivre un songe. Ni un rêve ni un cauchemar, mais plutôt une illusion. Allait-elle brutalement se réveiller pour se rendre compte que tout ceci n'avait rien de réel ? Devait-elle le souhaiter ou le craindre ?

Estéban venait de la rappeler à leur engagement passé, mais la dureté dans sa voix démentait la douceur du propos.

— Tu me détestes et tu me demandes de t'épouser ?

Il hocha les épaules avec nonchalance.

— Tous les mariages ne sont pas synonymes d'amour.

Elle eut l'impression de recevoir un coup de poignard en plein cœur. Tous deux s'étaient aimés avec passion. Or l'homme qui lui faisait face parlait avec un tel détachement qu'elle peinait à croire qu'il puisse s'agir de celui qui l'avait conquise autrefois.

Alors qu'elle allait répondre, Loukas surgit devant eux, mettant un terme à leur conversation.

— Maman, est-ce qu'on peut prendre le goûter ?

Elle ébouriffa les cheveux de son fils, puis, d'une main tremblante, saisit ses clés dans son sac.

— Bien sûr, mon chéri. Notre invité allait justement partir, ajouta-t-elle à l'attention d'Estéban.

Mais il n’esquissa pas le moindre mouvement.

— En fait, je boirais volontiers une tasse de thé, rétorqua-t-il avec aplomb. Le voyage m’a donné soif.

— Entre dans la maison avec nous, fit Loukas.

Et à la consternation d’Anna, Estéban Samaras pénétra chez elle. Le voir dans son salon la troubla davantage encore. Il était si grand qu’il emplissait tout l’espace.

Gagnée par un profond malaise, elle lui indiqua le canapé dans lequel il prit place. À côté de leur enfant.

Anna aimait cette petite maison décorée avec soin et pleine de joie, mais à cet instant elle aurait tout donné pour fuir, son garçon accroché à son bras. Car dans ce lieu intime, elle se sentait comme mise à nu – vulnérable.

Et que penser de la complicité inouïe et naturelle qui semblait déjà lier père et fils ? Bien qu’elle ait prié pour que tous deux se rencontrent un jour, elle n’arrivait pas à se réjouir de les voir ensemble.

L’homme qu’elle avait tant aimé jadis représentait aujourd’hui une menace pour elle et le bonheur qu’elle partageait avec Loukas.

Bouleversée, elle se réfugia dans la cuisine pour y faire bouillir de l’eau. Puis, quand elle eut garni un plateau de thé et de biscuits, elle s’en retourna dans la salle de séjour.

Estéban s’était levé et, d’un pas tranquille, arpentait les lieux. Il s’arrêta devant une série de photos disposées sur le manteau de la cheminée. Loukas, qui ne le quittait pas d’une semelle, se mit à commenter les clichés.

— C’est maman et moi, le jour de mon entrée à l’école.

— Tu semblais drôlement fier avec ton grand cartable ! répondit Estéban en le couvant d’un regard doux.

Loukas gloussa de satisfaction, tout en montrant une autre image.

— Et là, c'est moi qui fais de la luge. Il a neigé cet hiver-là, on a fait un bonhomme de neige et des batailles de boules de neige avec maman et mes copains. Tu aimes la neige, toi ?

Tandis que Loukas continuait son babillage, Estéban se tourna vers Anna.

— Cela fait des années que je n'en ai pas vu, à vrai dire. Une éternité.

Un souvenir affleura à l'esprit d'Anna, un souvenir qu'elle partageait en ce moment même silencieusement avec Estéban.

Il faisait froid, ce jour-là, très froid. Anna se leva tôt, impatiente de participer à la fête de Noël de North Grey. Les orphelines chanteraient en chœur en fin de journée, mais avant cela, tout un tas de surprises les attendaient au village.

D'après la sœur Emily, des stands de toutes sortes se tiendraient là. On pourrait y déguster des gaufres, des boissons chaudes, avant de tenter sa chance aux jeux de pêche au canard ou de tir à l'arc. Ce serait une journée merveilleuse !

À la hâte, elle s'habilla, bien qu'il fasse encore nuit dehors. En regardant par la fenêtre, elle laissa échapper un cri de joie.

— Il neige ! s'écria-t-elle.

La seconde d'après, ses amies l'entouraient, ravies de ce spectacle. Elles se précipitèrent vers le réfectoire, pressées de prendre leur petit déjeuner. La mère supérieure les accueillit avec un sourire rare.

— Un peu de calme, mesdemoiselles ! lança-t-elle comme à son habitude.

Mais il n'y avait pas une once de sévérité dans sa voix. Aimait-elle la neige, elle aussi ?

Une fois le soleil levé, les filles du couvent des Lys furent autorisées à aller jouer dehors. Le jardin couvert de son manteau blanc n'avait jamais été aussi beau et Anna s'y amusa follement avec ses camarades. Les joues étaient roses, l'air soufflé par la bouche se transformait en fumée... Les rires éclataient de toutes parts.

Enfin, ce fut l'heure de partir au village et c'est en rang, deux par deux, que les petites filles descendirent la grande rue en chantant.

La journée se poursuivit comme dans un rêve. Les religieuses si promptes à donner des ordres n'avaient aucune envie ce jour-là de faire respecter la moindre règle.

— Amusez-vous, mes chéries, fit la sœur Emily quand elles eurent atteint le lieu des festivités.

C'était bien la première fois qu'elle appelait ainsi ses protégées et toutes la dévisagèrent un instant, avant de s'élancer à l'assaut des stands.

Anna remarqua tout de suite la présence des orphelins de Grey Manor. Eux aussi avaient été conviés à célébrer Noël. Ils chahutaient sous le regard désapprobateur de leurs maîtres qui tentaient de les garder groupés et à l'écart des autres. Craignait-on qu'ils causent du tort à leurs hôtes ?

Sans s'en inquiéter davantage, Anna se joignit à ses amies pour passer la meilleure journée de sa vie.

Mais à l'heure de rejoindre la chorale du couvent des Lys, elle fut saisie par le trac. Placée au centre de la scène surélevée, elle ne distinguait plus qu'une foule opaque devant elle. Alors que les premières notes de piano s'élevaient dans les airs, Anna crut qu'elle allait se mettre à pleurer.

C'est là qu'elle le vit, dans la foule des spectateurs. Ce garçon au regard noir qui lui souriait.

Réconfortée par les encouragements silencieux qu'il lui adressait, elle ne le quitta pas des yeux une seule seconde, s'arrimant à lui comme à une bouée de sauvetage.

Ce soir-là, elle chanta pour lui.

Ce soir-là, elle tomba amoureuse d'Estéban.

— Il ne neige pas, chez toi ?

La voix de Loukas arracha Anna à ses souvenirs. Elle battit des cils pour en chasser les derniers vestiges.

— Très rarement, répondit Estéban. J'habite dans un pays chaud, vois-tu. Sur une île, la plupart du temps.

— Une île ? Waouh ! Alors tu fais de la voile ?

Estéban se mit à rire.

— Bien sûr ! J'ai même un yacht. Tu pourras monter à bord un jour, capitaine Loukas.

— Tu as entendu ça, maman ? Estéban nous invite sur son bateau !

Anna jeta un regard furieux à ce dernier. Voilà qu'il agitait son yacht sous le nez de leur fils pour le conquérir ! Elle aurait voulu lui crier de quitter ce village qu'il avait toujours trouvé médiocre pour repartir d'où il venait. Mais elle refusait de s'opposer à lui devant Loukas. Et puis, elle ne se sentait pas le droit de gâcher cette rencontre, alors que son petit garçon jubilait littéralement.

Elle garda donc le silence, tandis que Loukas interrogeait Estéban sur la vie de marin. Tous trois avaient maintenant pris place pour le thé et Anna avait une conscience aiguë de l'image qu'ils formaient. Celle d'une famille.

Combien de fois s'était-elle plu à imaginer une telle scène ?

— Qu'est-ce que tu en penses, Anna ?

La voix d'Estéban la fit sursauter. Perdue dans ses pensées, elle n'avait pas même remarqué qu'il s'adressait à elle.

— Pardon ?

— Loukas me disait que les vacances scolaires démarrent à la fin de la semaine. Cela vous laisse deux jours pour faire vos bagages.

Avant même qu'elle réponde, Loukas se leva d'un bond pour courir vers l'escalier.

— Je vais préparer mon sac, maman ! Il ne faut pas que j'oublie ma loupe et mon carnet de dessin. Tu imagines tout ce que l'on va découvrir là-bas ?

— Là-bas ? répéta-t-elle, ahurie.

Mais son fils était déjà dans sa chambre.

Alors, la gorge nouée, elle se tourna vers Estéban, en quête de réponse. Et c'est l'air satisfait qu'il énonça sa sentence :

— Il est temps que Loukas découvre son héritage. Nous partirons samedi pour l'île de Samaras. Soyez prêts à 7 heures précises.

Estéban savoura le silence qui s'étirait entre Anna et lui. Le visage de la jeune femme reflétait son tourment. Autrefois, il se serait précipité vers elle pour la réconforter, mais il n'en fit rien. Il éprouvait non pas du plaisir mais une forme de soulagement à la voir *réagir*.

Il avait conservé le pouvoir de l'émouvoir.

— Tu cherches à te venger de moi ? murmura-t-elle enfin d'une voix à peine audible.

— Me venger ? Allons, Anna, je t'offre un voyage

sur une île paradisiaque. Mieux que cela, je t'ai proposé de m'épouser !

Elle secoua la tête.

— Tu ne souhaites qu'une chose : rallier Loukas à ta cause ! Tu veux me prendre mon fils, mais je ne te laisserai pas faire ! Ce mariage… Après toutes ces années… Tu ne peux pas être sérieux, Estéban !

— Je n'ai jamais été aussi sérieux, Anna. Je ne m'engage jamais à la légère, contrairement à toi.

La remarque acerbe atteignit sa cible. Anna pâlit.

— Je n'ai pas eu le choix, autrefois, balbutia-t-elle, au bord des larmes. Il faut que tu comprennes…

— On a toujours le choix ! la coupa-t-il avec colère.

Il pouvait supporter la confrontation, mais pas ces sanglots étouffés. La détresse d'Anna, au lieu de l'attendrir, le mettait en rage. Elle lui rappelait trop son passé d'orphelin, le chagrin incommensurable qui était le lot de ses camarades comme de lui-même.

Il avait essuyé suffisamment de pleurs pour toute une vie. Il ne voulait plus voir quiconque pleurer. Il ne le *pouvait* plus.

Le jour où Anna l'avait quitté, Estéban avait pleuré pour la dernière fois de sa vie. Il s'était alors juré de ne plus jamais laisser personne l'atteindre ou le faire souffrir. Il avait érigé une muraille autour de son cœur.

Ses maîtresses le disaient insensible, et peut-être l'était-il devenu, à force de volonté. Il faisait tout pour dissimuler ses émotions sous un voile d'indifférence. Le masque qu'il portait, il ne l'ôtait qu'en présence d'Alejandro et de Harrison qui le connaissaient suffisamment pour ne pas être dupes des apparences.

— Tu n'avais pas le droit de me cacher l'existence de

Loukas ! déclara-t-il entre ses lèvres, soucieux de ne pas être entendu par le petit garçon.

— J'ai cru agir dans notre intérêt à tous… Tu n'imagines pas comme te laisser partir m'a été douloureux…

Les propos d'Anna n'avaient aucun sens. Elle aurait pu fuir avec lui, pourtant elle avait renoncé au dernier moment. Juste après s'être donnée à lui.

Durant quelques jours, il avait espéré qu'elle changerait d'avis. Il avait attendu qu'elle le contacte. Pour ne pas avoir à mettre trop de distance entre eux, il avait d'abord établi sa société en Angleterre. Il y était resté quatre longues années.

Mais elle n'avait pas cherché à le joindre et Estéban avait fini par se faire une raison. Alors, il était parti pour de bon, il avait quitté la grisaille anglaise et, redoublant d'efforts, il avait peu à peu gravi les échelons de la réussite.

Il n'aurait pas de femme ni de famille, mais il aurait un nom ! aimait-il à se répéter. Sa fortune, il l'avait bâtie comme une revanche sur la vie. Et aujourd'hui qu'il se découvrait un enfant, il désirait transmettre à celui-ci ce pour quoi il avait travaillé si dur.

— Épargne-moi le couplet des regrets, Anna. Je n'en ai que faire. Dans l'intérêt de Loukas, nous devons nous concentrer sur l'avenir.

Elle hocha la tête en signe d'assentiment.

— Nous te suivrons en Grèce pour les vacances, mais tu dois me promettre une chose.

— Tu n'es pas en position de me réclamer quoi que ce soit, ne put-il s'empêcher de répliquer.

— Apprends à connaître Loukas durant notre séjour, poursuivit-elle, imperturbable. Mais ne lui parle pas de cette histoire de mariage. Il est trop tôt et Loukas pourrait se méprendre sur tes intentions.

Il fronça les sourcils.

— Mes intentions sont parfaitement claires, Anna. Il n'est pas question de vacances mais bien de vous installer avec moi en Grèce. Je veux que notre fils connaisse ses racines. Surtout, je veux qu'il connaisse ce dont nous avons été privés tous les deux : un foyer. Une famille.

— Et si je refuse de te suivre ?

— Alors tu perdras ton fils, répondit-il avec solennité. Car je ne repartirai pas sans lui, Anna.

Elle battit des cils, comme si elle cherchait une échappatoire.

— J'ai espéré que tu reviendrais, souffla-t-elle. Simplement, je n'ai jamais cru que tu puisses être devenu cet homme-là.

— Cet homme-là ?

— Celui que les journaux décrivent. Un magnat prêt à tout pour obtenir ce qu'il veut.

— De quoi te plains-tu ? rétorqua-t-il, cinglant. J'agis uniquement dans l'intérêt de notre fils. Quant à mes désirs, ils sont restés les mêmes. Hier comme aujourd'hui, et malgré toute ma rancune envers toi, c'est *toi* que je veux.

5.

Estéban n'aurait pas pu rester une minute de plus dans la petite maison d'Anna. Après lui avoir annoncé qu'il viendrait les chercher, elle et leur fils, le samedi matin à la première heure, il était parti – non sans être allé au préalable dire au revoir à Loukas. Il n'avait pas voulu s'éterniser, alors qu'Anna cherchait par tous les moyens à se dérober.

Il avait lu une telle fureur dans ses beaux yeux verts, quand elle lui avait reproché de lui imposer ce voyage en Grèce… Comment osait-elle adopter cette posture de victime, alors qu'elle l'avait privé de son enfant durant neuf ans ? Loukas ne savait rien de lui et il était temps que tous deux fassent connaissance.

Avec un soupir, il s'assit sur le lit trop mou de la pension minable où il avait réservé une chambre, à Glaston. Par la fenêtre, on apercevait les champs et de grands arbres au loin. Dix ans plus tôt, la petite ville avait marqué la première étape de sa nouvelle existence. C'est là qu'Alejandro, Harrison et lui s'étaient retrouvés après leur fugue. Estéban avait trouvé la campagne splendide, sans doute parce qu'elle avait été synonyme de liberté pour lui.

Foutaises d'adolescent. Cet endroit était aussi déprimant que North Grey. Et fort heureusement, il n'y passerait que deux nuits. Une faible concession à son existence de milliardaire.

Las, il décida de prendre une douche, qu'il écourta quand l'eau chaude fut soudain remplacée par un jet glacé. Bon sang, il n'avait décidément plus rien à faire dans cette région qui semblait vouloir le torturer de toutes les manières possibles.

Alors qu'il s'habillait à la hâte, son téléphone vibra sur la table de chevet. « Alejandro ».

— Où es-tu ? fit son ami sitôt qu'il eut décroché.

— À Glaston.

— Alors c'est vrai ? Bon sang ! Estéban… Est-ce que tu es sûr que le gamin est de toi ?

Il reconnaissait bien là le caractère méfiant d'Alejandro. Ce dernier avait toutes les peines du monde à accorder sa confiance. Quant à croire à la paternité surprise de son frère, cela n'avait rien de naturel pour lui…

— Il faut que tu demandes un test de paternité ! poursuivit-il avec gravité. Je connais un labo spécialisé, je peux te mettre en contact aujourd'hui même…

— Ne quitte pas, Alejandro.

Estéban chercha dans la galerie de photos de son smartphone un cliché de Loukas. Il l'envoya aussitôt à son ami.

— Le voilà, mon test de paternité, déclara-t-il.

Un long silence s'ensuivit, puis Alejandro soupira.

— Je vois…

— Et qu'est-ce que tu vois ? répliqua Estéban.

— Toi.

Il marqua une pause avant de poursuivre :

— Qu'est-ce que tu vas faire ? Harry m'a dit que tu serais de retour à Samaras avant la fin de la semaine ?

— Je serai là-bas samedi. Avec mon fils.

— Et *elle* ?

— Elle s'appelle Anna. Et elle vient avec nous.

— Je sais très bien comment elle s'appelle ! Et ce qu'elle t'a fait ! Comment peux-tu lui pardonner ?

Estéban serra le téléphone dans sa main. Serait-il capable de pardonner un jour à Anna, pour le tort qu'elle lui avait causé ? Il pourrait passer outre la façon brutale dont elle l'avait quitté, mais comment oublier qu'elle lui avait volé les premières années de son fils ?

— Il n'est pas question de pardon mais de mariage.

— Quoi ? fit la voix étranglée d'Alejandro.

— Je ne te demande pas de me comprendre, mon frère. Mais j'espère que Harrison et toi accepterez d'être mes témoins à la noce.

Avant de laisser son ami protester, Estéban mit fin à leur conversation. Bien sûr, il concevait les réticences d'Alejandro, qui l'avait vu souffrir après sa rupture avec Anna. Il aurait eu les mêmes doutes, si la situation avait été inversée. Seulement aujourd'hui, l'avenir d'un enfant était en jeu. Et Loukas méritait qu'on fasse passer son bonheur avant toute autre considération.

Une fois sa chemise boutonnée, Estéban chercha dans son sac son ordinateur portable. Et c'est là qu'il le vit : un paquet de lettres liées entre elles par un ruban.

Intrigué, il défit l'attache pour constater que les courriers lui étaient tous destinés. Avant même de lire le nom de l'expéditeur, il reconnut l'écriture délicate d'Anna. Quand avait-elle glissé ces lettres dans ses affaires ? Probablement au moment où il était allé dire au revoir à Loukas.

Il sentit sa gorge se nouer, tandis que défilaient sous ses yeux les dates inscrites à la place de timbres qui n'y figuraient pas. Toutes ces lettres lui avaient été adressées, sans qu'aucune ait jamais franchi la fenêtre d'une boîte aux lettres.

« 12 mai 2013 »

La première lettre remontait à neuf ans en arrière. C'est en la décachetant qu'Estéban comprit qu'il s'agissait là de la date de naissance de son fils. Il avait manqué ce grand événement et tous les anniversaires qui avaient suivi.

Estéban,

Si je prends la plume aujourd'hui, c'est pour t'annoncer une grande nouvelle : tu es papa.

Notre bébé est né à 13 h 48. Il est parfait et déjà doté d'une tignasse noire qui me rappelle la tienne.

J'aurais tant aimé que tu sois présent, au moment où la sage-femme l'a déposé là, dans le creux de mon épaule. Il a suffi que je sente son petit corps chaud contre moi pour que mon cœur se gonfle d'amour pour lui.

Notre fils s'appelle Loukas, « la lumière », car il illumine ma vie et le monde d'un éclat nouveau. Et puis, je voulais lui donner un prénom grec, comme celui de son père qu'il connaîtra un jour, je l'espère.

Je vivrai dans cet espoir, mon amour.

Ton Anna, pour toujours.

L'encre en certains endroits avait coulé, sous les larmes de son autrice. Pourquoi avait-il fallu qu'Anna accouche seule, quand il aurait pu se trouver auprès d'elle ? À cette époque-là, il vivait encore en Angleterre, et il aurait pu accourir auprès d'elle, si seulement elle avait pris la peine de le prévenir.

Il décacheta une autre enveloppe, le cœur serré.

« 25 juin 2014 »

Estéban,

Ce jour est à marquer d'une pierre blanche : Loukas a fait ses premiers pas ! La scène s'est jouée dans les jardins du couvent, à l'endroit même où nous avons échangé notre premier baiser. J'y ai vu le signe que nous restons liés tous les trois, malgré le temps qui passe et la distance qui nous sépare…

Sans achever sa lecture, il ouvrit un nouveau courrier, puis un autre, et encore un autre…

« 3 août 2015 », « 2 septembre 2016 », « 27 mars 2020 »…

Les dates et les événements se succédaient, lui donnant le vertige. Les anniversaires, les premiers mots, les premiers bobos, l'entrée à l'école… Joies et peines étaient couchées sur le papier comme autant de souvenirs qui ne lui appartenaient pas. Estéban avait manqué tous ces moments qui avaient jalonné la vie de son fils. Bien qu'Anna lui ait donné matière à rattraper le temps perdu, le mal était fait : Loukas était un étranger pour lui. Et ce constat lui broyait le cœur.

Devait-il se réjouir qu'Anna ait pensé à lui chaque jour depuis leur séparation ? Si elle l'avait suffisamment aimé pour lui écrire toutes ces missives, pourquoi n'avait-elle pas tenu sa promesse et fui avec lui quand ils en avaient l'occasion ?

Auraient-ils été heureux ensemble ? Estéban avait été persuadé qu'Anna était la femme de sa vie, mais lui, était-il fait pour être un époux, un père ? Était-il fait pour la vie de famille ?

Il le saurait bientôt, car maintenant qu'il se savait parent, il était résolu à tenir ce rôle. Et puis, à quoi bon ressasser le passé ou se perdre en regrets ? Il devait se concentrer sur l'avenir.

D'un geste las, il rassembla les lettres éparpillées devant lui pour les ranger dans son sac. Il n'avait pas la force de toutes les lire maintenant. La découverte de sa paternité était encore récente et il lui faudrait du temps pour assimiler tout ce qui se rapportait à l'existence de Loukas.

Oui, il avait besoin de temps – et de prendre l'air. Attrapant son manteau, il sortit dans la campagne anglaise.

Que porte-t-on en Grèce ? Cette question tournait dans la tête d'Anna, tandis qu'elle inspectait la commode de Loukas en quête de vêtements adaptés. Il lui faudrait probablement faire des achats sur place, car son fils manquait de vêtements légers.

Quant à elle… Passant dans sa chambre, elle soupira devant ses robes à manches longues et ses gilets. Sans doute ferait-elle une entrée remarquée si elle arrivait vêtue de sa parka fétiche et de ses bottes de pluie… Cette idée grotesque eut le mérite de la détendre un peu, après les heures éprouvantes qu'elle avait traversées.

Comme la vie lui semblait ironique ! Elle avait rêvé de retrouver Estéban tant de fois, or maintenant que c'était chose faite, elle n'aspirait plus qu'à le voir repartir. Le plus vite et le plus loin possible.

Elle avait eu vent de sa réussite exceptionnelle, pourtant, rien ne l'avait préparée à ce qu'il ait à ce point changé. Le sourire qui l'avait séduite alors qu'ils n'étaient que des enfants avait disparu du visage d'apollon. Ou plutôt, Estéban le réservait à Loukas, préférant lui manifester à elle une franche hostilité.

La sœur Emily aimait à répéter que « le temps arrange

tout » et Anna s'était souvent accrochée à cette maxime. Mais elle doutait aujourd'hui qu'elle puisse être vraie en toutes circonstances. Peut-être Estéban lui pardonnerait-il, s'il connaissait toute la vérité ?

Il faudrait en tout cas que tous deux trouvent un compromis, dans l'intérêt de leur enfant.

Anna disposa dans son bagage quelques affaires, puis se rendit dans la cuisine pour y faire le dîner. Quand le repas fut achevé et son petit garçon bordé dans son lit, elle prépara sa verveine du soir. Ensuite, munie de son stylo préféré et d'une feuille blanche, elle alla s'asseoir sur la terrasse. Elle ne tarda pas à comprendre qu'elle avait agi par habitude mais sans raison. Ce soir, pour la première fois depuis neuf ans, elle n'écrirait pas à Estéban pour lui parler de leur fils.

Car cette journée aussi difficile qu'émouvante leur appartenait à tous les trois. Elle marquait une nouvelle ère, où ils formaient une famille – qu'ils le veuillent ou non.

Anna avait été bouleversée par la proposition d'Estéban de l'épouser. L'idée qu'ils puissent reprendre leur histoire dix ans après une fin si dramatique lui paraissait insensée. À moins justement que leur rupture passée n'ait été qu'un chapitre plutôt qu'un épilogue ?

Hélas, l'offre d'Estéban n'avait plus rien de romantique. Autrefois, il avait mis le monde à ses pieds, il lui avait ouvert son âme… Aujourd'hui, il lui proposait un arrangement pratique, une union de convenance leur permettant de veiller sur la seule chose qu'ils avaient encore en commun : leur enfant.

Bien qu'il ne soit plus question de sentiments entre eux, Anna prenait conscience que refuser ce mariage lui serait impossible. Elle devait penser à Loukas, à son avenir, à cette chance qui lui était donnée aujourd'hui de connaître enfin son père – et ses racines. Parce qu'elle était orpheline, elle savait combien il est important de savoir d'où l'on vient, pour décider où l'on va. Elle n'avait pas connu ses parents ; avait-elle seulement le droit de priver Loukas d'un père qui réclamait de faire partie de sa vie ?

Hélas, Anna redoutait les conséquences de vœux échangés par devoir. Si elle n'avait jamais cessé d'aimer Estéban, il était clair qu'il la détestait désormais. Supporterait-elle de vivre auprès de cet homme, sans souffrir de ne pouvoir susciter chez lui la passion qu'elle lui inspirait jadis ? La passion qu'elle éprouvait encore pour lui… Beaucoup de mariages sont fondés sur la raison, cependant pourraient-ils s'en contenter tous deux sans se déchirer ? Ils se connaissaient si bien que tout cela relevait de la pure folie !

Une folie à laquelle elle était prête à consentir…

Pour Loukas.

Elle se mit à marcher dans le petit jardin dont elle avait pris soin ces dernières années. Birdy House représentait un cocon protecteur, pour son fils et elle. Ils y avaient été si heureux, cultivant leur potager comme les plaisirs simples de l'existence…

Jamais Anna n'avait quitté la région et la perspective de se rendre en Grèce l'emplissait de peur… et d'excitation. Découvrir le pays de son grand amour avait été l'un de ses rêves d'adolescente. Cependant, elle devait se montrer prudente, et faire comprendre à Estéban qu'il y aurait bien un voyage retour !

Il semblait déterminé à les voir s'installer auprès de lui sur l'île de Samaras, mais tout cela était bien trop précipité. Loukas avait sa vie ici, à North Grey. Son école, ses amis, et toute la communauté qui lui avait témoigné affection et bienveillance, depuis qu'il avait vu le jour.

Il n'était pas question de l'arracher à son quotidien de façon brutale. De toute façon, Anna était incapable de se projeter au-delà des vacances scolaires.

Elle parlerait à Estéban de ses craintes, en priant pour qu'il les comprenne.

Gagnée par la lassitude, elle s'assit sur la balançoire, et à peine avait-elle poussé le sol de ses pieds qu'un souvenir l'assaillit.

— Plus haut, Anna ! Étire tes jambes loin devant !

Encouragée par les cris d'Estéban, Anna avait l'impression de voler, sur la balançoire du jardin des Lys. Elle aurait aimé que son ami puisse pousser la planche de bois qui lui servait d'assise, hélas tous deux étaient séparés par un grillage de fer.

Deux fois par semaine, les orphelins de Grey Manor se rendaient au village pour se former à différents métiers, tout en se montrant utiles à la collectivité. Certains enfants travaillaient à l'épicerie, d'autres à la menuiserie, tandis que d'autres encore effectuaient des travaux ici ou là.

À sa demande, Estéban avait été chargé avec deux de ses camarades de réparer la clôture du couvent, endommagé en quelques endroits par des animaux sauvages. Des sangliers, probablement.

Pour le plus grand bonheur d'Anna, ils s'étaient souvent croisés ces dernières semaines, mais chaque fois de part et d'autre de cette maudite clôture.

Après avoir jeté un œil alentour et vérifié qu'ils étaient seuls, elle abandonna la balançoire pour s'approcher du grillage.

— J'aimerais tellement pouvoir te rejoindre de l'autre côté ! déclara-t-elle.

Estéban esquissa une grimace.

— Tu aimerais travailler avec moi, jusqu'à en avoir des cloques aux mains ?

Elle rit.

— Non… Je voudrais… être avec toi.

Il lui offrit un sourire lumineux, celui qui depuis quelques années déjà la ravissait.

— Un jour viendra où il n'y aura plus de barrière entre nous. Ni porte ni clôture ! Je te le promets, Anna. Et ce jour-là, je te ferai découvrir mon pays.

Anna s'assit dos à la clôture et Estéban fit de même pour lui raconter de nouveau la Grèce, la mer et le sable… Déjà, une douce chaleur l'envahissait à l'évocation de cette destination paradisiaque. À moins que ce ne soit l'effet qu'Estéban avait sur elle ? Depuis quelque temps, leur proximité la troublait d'une étrange manière. Elle se savait amoureuse de lui, mais c'était soudain comme si tout son corps s'éveillait à sa proximité.

Il était si beau… Et cette voix qui lui offrait l'évasion dont elle avait tant besoin…

Revenant au présent, Anna se balança quelques instants encore tout en admirant les étoiles qui éclairaient peu à peu le ciel. Ces rendez-vous avec Estéban lui étaient devenus vitaux au fil des années. Et heureusement, ils avaient trouvé le moyen de les rendre quotidiens. Quand il avait été en âge de faire son apprentissage, Estéban avait été engagé par le boulanger de North Grey. Il travaillait pour lui dès l'aube et assurait ensuite la tournée du matin, distribuant le pain à quelques adresses parmi lesquelles figurait les Lys.

Anna réceptionnait la commande à travers la grille du couvent, ce qui leur permettait d'échanger quelques mots en début de journée.

Le boulanger et la sœur Emily avaient été les complices silencieux de leur amour naissant, feignant de ne pas remarquer les deux jeunes gens qui s'attardaient à bavarder.

Souvent, leurs conversations avaient dérivé vers la Méditerranée, où Estéban jurait de l'emmener. « Nous nous marierons, Anna. Nous aurons des enfants, de beaux petits Grecs dotés de taches de rousseur qui feront des châteaux de sable sur la plage ». Pour Anna, ce pays avait représenté l'avenir, l'amour, la joie. La liberté.

Dans deux jours, elle y serait avec Loukas et Estéban. Et elle ferait tout pour que le rêve ne vire pas au cauchemar.

6.

Anna sut que le moment était venu de partir quand une limousine noire se gara devant chez elle. L'homme qui en sortit dégageait une telle aura de puissance qu'elle frissonna malgré elle.

C'était la première fois qu'elle voyait Estéban en tenue d'homme d'affaires – hormis sur les couvertures des journaux qu'elle avait parcourus au fil du temps. Et le verdict était sans appel : il était plus impressionnant encore en réalité…

Le costume gris, parfaitement ajusté sur une chemise blanche en contraste avec sa peau bronzée par le soleil, avait été taillé sur mesure, cela ne faisait aucun doute. On devinait un corps affûté sous l'étoffe précieuse. Faisait-il autant de sport qu'autrefois pour maintenir une silhouette si athlétique ?

Voir ce sublime Grec devant Birdy House était tellement étrange… Anna devait soudain faire coïncider l'image qu'elle s'était faite de lui en pensée et l'homme qu'il était devenu.

Comme il relevait la tête, elle s'écarta de la fenêtre d'où elle l'observait, comme prise en faute. *Trop tard.* Leurs regards s'étaient croisés l'espace d'un instant.

— Waouh ! Tu as vu ça, maman ?

Loukas se précipita vers l'entrée, l'air ravi. Avant

qu'elle ait recouvré ses esprits, il ouvrait la porte pour faire entrer Estéban.

— Bonjour, mon garçon ! Alors, prêt pour le voyage ?

Pour toute réponse, Loukas se jeta dans les bras de son père, avant de lâcher un flot de questions ininterrompu.

— C'est ta voiture ? C'est quel modèle ? Est-ce qu'on pourrait passer devant la maison de mon copain Alex, que je lui montre ? Son papa a une voiture rouge, il nous a emmenés faire un tour un jour. J'ai trouvé ça super, même si maman dit toujours qu'on n'a pas besoin de moteur quand on a de bonnes jambes.

Estéban rit en lui ébouriffant les cheveux.

— Ta mère a beaucoup de sagesse. Mais impossible de nous rendre à pied sur mon île !

Il riva son regard noir à celui d'Anna.

— Où sont vos bagages ?

Elle désigna la petite valise dans l'entrée.

— Tu voyages léger, poursuivit-il. C'est rare chez une femme.

Cette comparaison lui déplut. Cherchait-il à souligner qu'elle n'était qu'une femme parmi d'autres dans sa vie ? Une femme de passage ? Estéban Samaras était connu pour être un grand séducteur collectionnant les millions comme les maîtresses.

— Disons que je me contente de peu. C'est un choix.

Pas question de lui révéler qu'elle peinait parfois à joindre les deux bouts et qu'il lui arrivait de demander un crédit à l'épicerie du village. Elle avait toujours fait en sorte de gâter son fils à sa façon, par quelques extra, tel ce kit de sciences que Loukas affectionnait tant. Pour lui faire plaisir, elle était prête à certains sacrifices, comme celui de ne pas renouveler sa propre garde-robe. À quoi bon, de toute façon ? Elle ne fréquentait personne et passait le plus clair de son temps à la bibliothèque ou dans son jardin. Elle n'avait pas besoin pour cela de parader en robe de cocktail, contrairement aux conquêtes d'Estéban qui semblaient poser sous le flash des paparazzis.

— Un choix ? Vraiment ? rétorqua-t-il en riant.

Furieuse, elle lui décocha un regard assassin, avant de l'inviter à sortir.

— Nous ferions bien de partir, si nous ne voulons pas rater notre vol, déclara-t-elle sèchement.

Estéban rit de plus belle, ce qui acheva de l'agacer.

Vingt minutes plus tard, Anna comprit ce qui avait accru l'hilarité d'Estéban. La limousine venait de se garer sur la piste d'un aérodrome dont elle ignorait l'existence. Et pour cause, il était réservé aux vols privés.

Sur le tarmac, un avion siglé « Samaras Airline » les attendait.

— Je vois, fit-elle, piquée au vif. Pourquoi avoir tant insisté sur notre heure de départ, puisque de toute évidence, ce jet ne décollera pas sans son propriétaire à bord ?

Estéban haussa les épaules.

— J'ai un emploi du temps très chargé. Et puis, je n'aurais pas supporté de séjourner une heure de plus que nécessaire dans ce patelin.

Pour ne pas gâter la joie de Loukas, Anna se garda de tout commentaire, mais le malaise qui l'avait gagnée au moment de leur départ ne faisait que s'accentuer.

Dans la limousine, il lui avait fallu faire bonne figure, tandis qu'Estéban montrait à un Loukas ébahi les recoins secrets du luxueux véhicule. Son fils avait crié sa joie quand son père lui avait proposé un jus de fruits tout droit sorti d'un réfrigérateur dissimulé derrière le cuir épais de l'habitacle.

La gorge nouée, elle attendit que le chauffeur vienne leur ouvrir la portière avant de suivre Estéban sur la piste goudronnée. Loukas avait glissé sa main dans celle de son père comme si c'était la chose la plus naturelle du monde, et Anna eut soudain la désagréable impression d'être de trop.

Elle avait toujours formé un duo très fusionnel avec son enfant et voilà qu'un homme venait modifier leur parfaite équation. Comment pouvait-elle brusquement souhaiter voir s'éloigner celui qu'elle avait tant aimé – le père de Loukas ?

À sa grande honte, elle se sentait menacée par Estéban. La flèche de la jalousie venait se ficher dans son cœur, ce qui n'avait aucun sens. Son fils ne cesserait pas de l'aimer parce qu'il avait aujourd'hui un nouveau modèle auquel s'identifier…

Estéban et elle évoluaient dans des mondes si différents, hélas ! songea-t-elle encore, tandis qu'ils pénétraient dans le jet rutilant. Tout y était à la pointe de la modernité, du moins pour ce qu'elle en connaissait… Les fauteuils dans lesquels ils s'installèrent étaient dotés de tout un tas de gadgets et de prises dont elle aurait été incapable de dire à quoi ils servaient.

— Tu peux regarder un film durant le trajet, expliqua Estéban à Loukas.

Sans se départir de son sourire, le petit garçon choisit un dessin animé qu'il connaissait plutôt qu'un jamais vu. Peut-être avait-il inconsciemment besoin de garder quelques repères, lui aussi, à l'heure où son existence prenait un tour si inattendu ? La semaine précédente, Loukas était élève à North Grey, un village perdu dans la campagne anglaise, et voilà qu'il s'apprêtait à survoler l'Europe à bord du jet privé de son père milliardaire !

— Une tasse de thé, madame ?

Anna sourit à l'hôtesse qui s'approchait.

— Avec plaisir, merci.

Le breuvage chaud et familier lui apporta le réconfort dont elle avait besoin, un répit dans l'épreuve qu'elle traversait. Quand elle l'eut terminé, elle ferma les yeux. Et bientôt, bercée par la voix mélodieuse d'Estéban et le rire joyeux de leur enfant, elle s'endormit.

Comme elle était belle ! Assoupie, Anna paraissait aussi innocente qu'autrefois…

Estéban la savait étrangère au mal, et pourtant elle avait été capable du pire en lui cachant l'existence de leur enfant. Deux jours plus tôt, elle avait tenté de lui fournir une explication, mais, fou de colère, il ne l'avait pas laissée parler. Quelles que soient les raisons qui l'avaient poussée à garder un tel secret, les conséquences étaient irrémédiables. Il avait manqué la petite enfance de Loukas.

Bien que furieux de tout ce temps perdu, Estéban ne pouvait s'empêcher de se demander ce qu'aurait été sa vie, si Anna l'avait suivi et qu'ils avaient découvert ensemble sa grossesse.

Aurait-il connu le même succès, si dix ans plus tôt il était devenu père ? Aurait-il fait les mêmes choix et gravi les mêmes sommets ? Qu'aurait-il aujourd'hui à offrir à son fils ?

Il soupira, gagné par la lassitude. Questionner le passé ne lui servirait pas à grand-chose, si ce n'est à nourrir des regrets ou à bâtir des hypothèses.

Il avait hâte de faire découvrir son île à Loukas… et à Anna. Jetant un œil à travers le hublot, il aperçut la plage familière, la mer turquoise et la villa Samaras qui surplombait ce panorama grandiose.

Comme chaque fois que son jet abordait la côte, Estéban fut saisi par une joie indicible. Cet endroit était pour lui bien davantage que le domaine du milliardaire qu'il était devenu. C'était *chez lui*.

Il avait découvert la petite île à l'occasion d'une croisière à bord de son yacht. Saisi par sa beauté et sa nature sauvage, Estéban avait immédiatement cherché à savoir si des biens y étaient à vendre. Un réflexe professionnel qui avait fait place à une envie bien plus personnelle, presque viscérale : celle de s'y établir. Comme par miracle, les lieux s'étaient révélés inhabités, parce que les enfants du pays s'étaient longtemps disputé son héritage avant de disparaître les uns après les autres.

Il n'avait pas fallu bien longtemps à Estéban pour prendre la meilleure décision de sa vie : il avait racheté l'îlot et fait construire sa propriété ainsi que la villa occupée par Calliope et Hector. Cela faisait maintenant six ans qu'il s'y trouvait chaque fois que ses affaires le permettaient. Six ans qu'il éprouvait le même bonheur à fouler ses terres.

Lorsque les roues de l'avion se posèrent sur la piste d'atterrissage privée, Anna rouvrit les yeux brusquement. Elle eut l'air surpris quand elle croisa son regard, comme si elle avait oublié où – et avec qui – elle se trouvait.

— Bienvenue sur l'île de Samaras ! lança Estéban.

Elle battit des cils quelques instants encore, tandis que Loukas tapait des mains avec ravissement.

— C'est tellement beau chez toi, papa !

Papa. Le mot alla droit au cœur d'Estéban, et il resta un moment sans voix.

— C'est chez *nous* maintenant, mon fils.

Quand la situation lui avait-elle échappé ? Tandis qu'elle descendait du jet privé, Anna gardait les yeux rivés sur les deux silhouettes qui avançaient devant elle en se tenant la main.

Il avait fallu si peu de temps pour que père et fils développent cette complicité évidente. Unis par les liens du sang, ils apprenaient à se connaître en toute décontraction, ignorant la tempête qui se jouait en elle. La perspective de perdre Loukas lui était insupportable, quant à celle de côtoyer Estéban…

Que penser de leurs retrouvailles ? Il la détestait à présent autant qu'elle le redoutait. Malgré la rancœur qu'il lui témoignait, elle éprouvait des sentiments profonds pour lui. Anna aurait dû être prête à le combattre, or elle perdait ses moyens en sa présence !

Elle devait se ressaisir, et vite. Elle n'était plus la jeune fille d'autrefois et ne laisserait pas Estéban Samaras lui dicter sa loi. Il en allait de l'avenir de son fils !

Comme elle accélérait le pas pour les rejoindre, elle fut soudain frappée par la chaleur et le ciel d'un bleu si pur… Peut-être pourrait-elle profiter de ce séjour loin de son Angleterre natale pour ouvrir ses horizons, découvrir le monde comme elle rêvait de le faire enfant…

Alors qu'ils quittaient l'aéroport à bord d'un 4x4, elle se laissa happer par le paysage. Et quand son fils, assis à côté d'elle, glissa sa petite main dans la sienne, elle soupira d'aise.

— Je t'aime, maman, lui murmura-t-il en posant sa tête contre son épaule.

Ces mots familiers résonnèrent en elle comme une promesse que tout irait bien. Enfin, Anna parvint à se détendre tout à fait.

— Je t'aime aussi, mon chéri, répondit-elle en déposant un baiser sur ses doux cheveux noirs.

En relevant la tête, elle croisa le regard d'Estéban dans le rétroviseur. Il avait pris le volant, cette fois, et conduisait avec une assurance tranquille.

— Nous arriverons dans quelques minutes, déclara-t-il.

Ils longèrent la côte sur une route sinueuse, à flanc d'une colline parsemée de rochers et de plantes sauvages. La mer turquoise scintillait en contrebas.

— C'est encore plus beau que je l'imaginais, dit-elle, sincère.

— Et tu n'as rien vu ! renchérit Estéban, un large sourire aux lèvres.

Elle sourit à son tour, heureuse de retrouver chez lui cet air insouciant qui lui allait si bien. Derrière l'homme d'affaires accompli, l'enfant rêveur n'était pas bien loin…

Ils empruntèrent un dernier lacet, au bout duquel apparut une villa incroyable. La bâtisse blanche, surplombée d'un dôme bleu, était un savant mélange de lignes droites et d'arrondis. Les fenêtres étaient nombreuses mais étroites, probablement pour garder les pièces intérieures au frais.

Comme ils arrivaient à proximité de la maison, Estéban gara son véhicule à l'ombre d'un arbre. Puis il vint leur ouvrir la portière arrière.

Subjuguée, Anna descendit du véhicule avec Loukas pour suivre Estéban jusqu'au portail. Elle eut un coup au cœur en reconnaissant les motifs de la grille. Des fleurs entrelacées – des lys. Elle était en tout point similaire à celle du couvent de son enfance.

— C'est…, balbutia-t-elle.

— Une reproduction de la satanée porte qui nous a séparés, toutes ces années. Au moins aujourd'hui, je peux la franchir à loisir.

Il ouvrit le battant de fer forgé, leur livrant passage. Une végétation luxuriante encadrait la maison. Fleurs et arbres fruitiers rivalisaient de couleurs et de parfums.

— Voilà donc le jardin d'Éden ! souffla Anna, émerveillée.

Elle n'eut qu'à tendre le bras pour cueillir une poire juteuse, dans laquelle elle croqua avec plaisir. Mais elle rougit aussitôt après, en découvrant le regard d'Estéban rivé sur sa bouche. Troublée, elle humecta ses lèvres devenues sèches.

— Si c'est là le paradis, fit-il d'une voix rauque, alors prends garde à ne pas me tenter…

Anna cherchait-elle à le rendre fou ? Bon sang ! Pourquoi fallait-il que la voir manger un simple fruit déclenche chez lui un tel désir ? Pire encore, elle rougissait comme si elle devinait quelles pensées lascives venaient de l'assaillir.

La jeune fille délicate s'était muée en une femme splendide et sexy. Depuis leur départ à l'aube, il n'avait cessé d'imaginer les courbes déliées de son corps, sous la robe très sage qu'elle avait revêtue pour le voyage.

S'arrachant à sa contemplation coupable, Estéban entreprit de faire visiter sa propriété à ses invités, en commençant par l'extérieur. Déjà, Loukas prenait possession des lieux, courant çà et là avec force éclats de rire.

Soudain, l'enfant s'arrêta net, face à la mer.

— Est-ce que tout va bien, mon garçon ? demanda Estéban, inquiet par son air grave.

Loukas hocha la tête, mais resta silencieux. Alors Anna s'approcha de l'enfant et passa un bras autour de son épaule. Elle ne posa pas de question mais, à l'image de son fils, tourna son visage vers la Méditerranée.

Alors, Estéban comprit.

— C'est la première fois que vous voyez la mer ?

Mère et fils échangèrent un sourire. Un sourire complice. Un sourire de pur bonheur qui bouleversa Estéban. Tous deux n'avaient pas besoin de se parler pour se comprendre…

7.

L'apéritif avait été servi sur la terrasse fleurie. Anna s'était laissée tenter par une coupe de champagne et pour une découverte, ce fut une révélation ! Les bulles pétillaient sur sa langue comme autant de surprises. Le liquide frais était un pur délice en cette journée chaude. Rien à voir avec le vin qu'elle avait eu l'occasion de boire en de rares occasions, ou celui de la messe…

La tête lui tournait légèrement, mais elle doutait de pouvoir en accuser le breuvage. N'était-ce pas plutôt la vision d'Estéban en short de bain qui la troublait ainsi ?

La journée avait été tranquille. Après leur arrivée, leur hôte les avait installés, Loukas et elle, dans deux jolies chambres attenantes. Puis ils avaient fait le tour de son domaine ensemble et rencontré par la même occasion le gentil couple qui veillait sur les lieux.

Et voilà qu'à présent, Estéban donnait son premier cours de natation à leur fils, dans une piscine à débordement digne d'un film hollywoodien !

Anna se redressa sur sa chaise longue. Paresser ainsi au soleil lui était totalement étranger et pourtant, elle pourrait y prendre goût, si elle n'y prenait pas garde… Surtout si elle jouissait de pareil spectacle…

Que lui arrivait-il ? Elle se croyait depuis longtemps immunisée contre le charme masculin, mais il avait suffi qu'Estéban resurgisse dans sa vie pour que des émotions oubliées l'assaillent à leur tour.

Elle était parcourue par une douce chaleur, qui n'avait rien à voir avec la température extérieure. L'homme qui riait aux éclats avec Loukas était un concentré de virilité. Comment aurait-elle pu ignorer ses épaules larges, son torse puissant, ses abdominaux saillants ? Quant à ses fesses, fermes et musclées…

Alors qu'elle suivait une goutte d'eau qui ruisselait le long de son cou, Anna sentit les yeux d'Estéban se poser sur elle. Mortifiée d'avoir été découverte en train de le détailler, elle détourna le regard. Hélas, il ne la laissa pas s'en tirer à si bon compte.

— Notre première leçon de natation est terminée, mon garçon ! lança-t-il à son fils. Calliope va t'emmener te doucher pendant que ta maman me rejoint dans l'eau.

— Pas question, rétorqua-t-elle, le rouge aux joues. Je ne sais pas nager.

À peine Loukas avait-il quitté la piscine que la gouvernante apparut pour le couvrir d'un peignoir moelleux.

— N'aie pas peur, maman. Tu vas voir, ce n'est pas si difficile. Et puis papa est un très bon professeur !

Sur ces mots et comme si c'était la chose la plus naturelle du monde, il suivit Calliope, qui semblait ravie d'avoir un enfant à dorloter.

Restée seule avec Estéban, Anna resserra les mains autour des accoudoirs de sa chaise, comme si cela pouvait la tenir éloignée du danger.

— Tu ne vas pas m'obliger à venir te chercher, tout de même ? fit Estéban, espiègle.

Ce fut sans doute son sourire qui la décida. Après tout, il n'y avait rien de mal à se rafraîchir un peu avant le dîner. Elle avait si chaud, l'eau était si claire…

Elle se leva, mais hésita quelques instants à ôter le paréo turquoise que Calliope avait déposé sur son lit dans la journée, accompagné d'un minuscule bikini assorti. Jamais Anna n'avait revêtu une tenue aussi sexy. En fait, c'était même la première fois qu'elle portait un maillot de bain ! Elle s'était un moment demandé s'il avait été oublié là par l'une des maîtresses d'Estéban, avant de découvrir l'étiquette d'un grand couturier encore accrochée au fin tissu.

— Est-ce que… tu pourrais te retourner, s'il te plaît ? bredouilla-t-elle.

Estéban partit d'un grand éclat de rire.

— Je peux savoir ce qu'il y a de si drôle ? ajouta-t-elle, vexée.

— Toi, Anna ! Je te trouve très amusante. Est-ce que je dois te rappeler que je t'ai déjà vue nue ? Loukas en est la preuve vivante !

Son rire l'agaça au plus haut point, peut-être parce qu'il lui rappelait une époque révolue où Estéban était tout pour elle. Il avait toujours aimé la taquiner, la pousser dans ses retranchements.

Une nouvelle détermination s'empara d'elle, remplaçant toute gêne. Alors, avec une lenteur délibérée et une audace qu'elle ne se connaissait pas, Anna ouvrit le paréo pour le faire glisser au sol.

Sans quitter Estéban des yeux, elle s'avança vers les marches de mosaïque qui menaient à la piscine. Elle s'y immergea doucement, du côté où elle avait pied. Il ne manquerait plus qu'elle soit obligée de demander à cet homme insupportable de la sauver de la noyade !

Soudain, Estéban fut auprès d'elle. L'humour avait déserté son visage d'apollon. Il la couvait d'un regard grave, désormais. Et avant qu'elle comprenne ses intentions, il avait capturé sa bouche.

Ses lèvres étaient douces et fraîches contre les siennes. Sa bouche était l'oasis à laquelle elle pouvait enfin étancher la soif qui la tenaillait depuis leur arrivée en Grèce. Depuis leurs retrouvailles, peut-être même…

Incapable de résister à l'appel de ses sens, elle s'agrippa à son cou tout en se plaquant contre lui. L'urgence de le sentir au plus près d'elle ne l'étonna qu'un instant. Cela faisait dix ans qu'elle attendait ce moment.

Dix ans que son cœur battait pour Estéban, dix ans que son corps le réclamait !

Enhardie, elle entrouvrit les lèvres et se délecta du contact de sa langue liée à la sienne. Elle gémissait à présent, toute à ce moment, toute à lui.

Sentir son érection décupla la passion qui se déchaînait en elle. Anna enroula ses jambes autour de lui, tandis qu'il plaquait ses mains sous ses fesses.

Leur baiser était divin, elle était ivre de désir.

— Anna…, fit Estéban contre sa bouche.

Sa voix suave la ramena sur terre. Ou plutôt dans l'eau où sans aucune discrétion ni pudeur, ils étaient en train de s'ébattre.

Prenant conscience de la situation, elle s'écarta brusquement de lui, mortifiée.

— Je… je ne sais pas ce qui m'a pris, dit-elle en revenant vers le bord. Nous n'aurions pas dû…

Il la retint par la main.

— Pourquoi, Anna ?

Pourquoi s'était-elle jetée à son cou ? Pourquoi avait-elle savouré ce moment ? Pourquoi ne songeait-elle qu'à se lover de nouveau contre lui ?

— Je dois penser à Loukas…

Estéban fronça les sourcils.

— Et en quoi serait-il contrarié de voir ses parents ensemble ?

— Ensemble ? Bon sang ! Estéban, nous avons bien failli faire l'amour dans cette piscine !

Il secoua la tête, l'air ravi.

— Pour nos retrouvailles, Anna ? Non, cette fois, aucun lieu ne me satisfera si ce n'est un grand lit.

Elle rougit de plus belle, songeant à leur première fois dans le jardin des Lys et à ce baiser brûlant qu'ils venaient d'échanger dans une piscine.

— Un grand lit où je pourrai te faire jouir de mille façons, ajouta-t-il tandis que son regard glissait sur sa poitrine. J'ai hâte de découvrir la femme vibrante que tu es devenue…

Sous son regard appréciateur, elle sentit un frisson la parcourir. Ses tétons s'étaient dressés sous le fin maillot, trahissant son propre désir.

— Ne dis pas des choses comme ça… Je ne peux pas…

Il caressa son poignet du pouce, là où son pouls battait à folle allure.

— N'aie pas peur, *agape mou*. Je suis un très bon professeur.

Sur ces mots, il libéra Anna, qui s'enfuit sans un regard en arrière.

Par quel miracle Estéban était-il parvenu à s'arracher à l'étreinte délicieuse qui le liait à Anna ? S'il ne pouvait que se satisfaire d'avoir recouvré à temps son self-control, il imaginait sans peine quelle suite aurait pu avoir leurs ébats.

« Nous avons bien failli faire l'amour dans cette piscine. » Anna avait paru si horrifiée à cette perspective… Il est vrai que l'endroit choisi n'était pas des plus conventionnels – et certainement pas le plus confortable pour réaliser tous les fantasmes qu'elle faisait naître en lui.

De toute évidence, Anna n'était plus naïve en matière de sexe. Elle avait répondu avec une telle ardeur à son étreinte ! L'idée qu'un autre ait pu l'initier aux plaisirs de la chair lui était insupportable, mais dix ans étaient passés… Elle avait dû fréquenter quelques hommes durant cette période, des garçons bien comme il faut qui l'avaient courtisée. Des imbéciles qui l'avaient laissée filer, puisqu'elle n'était pas encore mariée.

D'où lui venait cette soudaine pointe de jalousie ? Lui-même n'était pas un saint. S'il ne s'attachait à aucune femme, il ne restait jamais abstinent longtemps.

À bien y réfléchir, il n'avait pas fait de conquête depuis trois longs mois. Cela expliquait probablement la fièvre qui s'était emparée de lui à la seule vue d'Anna en bikini. Découvrir sa belle innocente en femme fatale l'avait profondément troublé. Et il n'avait plus qu'une idée en tête depuis : la faire sienne.

Gagné par une nouvelle érection, Estéban se dirigea vers la salle de bains. Il avait besoin d'une douche froide pour rafraîchir ses ardeurs. Ce soir, il dînerait en tête à tête avec Anna, pendant que Calliope s'occuperait de Loukas. Or il voulait rester maître de sa libido durant ce moment d'intimité. Pas question en effet de laisser voir à son invitée l'effet qu'elle avait sur lui.

Quand ils feraient l'amour, ce serait à l'initiative d'Anna, décida-t-il. Il voulait retrouver l'éclat de pur désir qu'il avait lu dans son regard, avant qu'ils partagent ce baiser incroyable – le plus érotique de sa vie.

Il la voulait toute à lui, corps et âme. Comme autrefois et pour toujours.

Après avoir perdu la raison dans la piscine, Anna avait trouvé refuge dans sa chambre. Prendre une douche lui avait permis de recouvrer ses esprits, du moins en partie. Car elle peinait à se débarrasser de cette sensation étrange d'être toujours sous l'emprise physique d'Estéban. Quand elle fermait les yeux, il lui semblait sentir ses lèvres caresser les siennes, ses mains courir sur sa peau…

La passion l'habitait, comme dans un roman…

Durant son adolescence, au couvent, Anna avait lu les livres d'amour de toutes les couleurs prêtés par ses camarades. Ces lectures interdites étaient le secret le mieux gardé parmi les orphelines. Ramenées par quelques-unes qui avaient encore de la famille en Angleterre, elles faisaient le tour du dortoir. On lisait quand les religieuses avaient fini leur tournée, pour être sûr de ne pas être pris en flagrant délit de rêverie… Chaque nouvel arrivage était attendu et fêté. Les ouvrages en cours de lecture étaient rangés sous les matelas ; ceux terminés soigneusement dissimulés derrière une ancienne cheminée qui avait été condamnée après un feu incontrôlable.

Anna avait adoré incarner toutes ces héroïnes de papier et chaque fois, c'est Estéban qu'elle avait imaginé dans le rôle de l'amant. Ces fantasmes adolescents avaient nourri ses pensées, jusqu'à cette nuit bien réelle où elle s'était unie à l'homme qu'elle aimait.

Dix ans plus tard, il n'était plus question de connaître la passion par procuration. Non, Anna pouvait laisser libre cours au désir qu'elle éprouvait pour Estéban. Ce dernier ne lui avait pas caché vouloir la mettre dans son lit et les mots crus qu'il avait employés l'avaient fait frémir tout entière. Mais ce serait une erreur de céder à la tentation.

Face à Estéban, en effet, Anna ne se reconnaissait plus et cela ne manquait pas de l'inquiéter. Elle devait se montrer prudente, et surtout ne pas confondre chez Estéban désir et amour. Il voulait l'épouser dans le seul intérêt de Loukas. Il voulait faire d'elle son amante, sans qu'il soit question de sentiments entre eux. Et pour cause : il la détestait.

Avec un soupir, Anna ouvrit sa valise pour en sortir une tenue pour le dîner. Le bagage était vide. D'abord contrariée que Calliope ait rangé ses affaires personnelles, elle se résigna à les chercher dans la penderie que la gouvernante lui avait indiquée à son arrivée. Dans le vaste rangement, elle ne trouva pas l'ombre d'une robe à elle, mais plutôt une myriade de tenues estivales plus belles les unes que les autres. Et un mot de la main d'Estéban, accroché à un cintre.

Bienvenue en Grèce. E.

Devait-elle se réjouir de cette attention ? Troublée, Anna examina les fines robes à bretelles, les pantalons fluides, les sandales à bride… Le tout était à sa taille et plus curieux encore, à son goût ! Certes, les vêtements étaient plus audacieux et précieux que ceux qu'elle avait l'habitude de porter, mais par la simplicité de leurs coupes, ils lui ressemblaient d'une certaine façon.

Elle ouvrit un tiroir et le referma aussitôt, comme prise en faute, après avoir découvert à l'intérieur des parures de lingerie en dentelle.

Estéban avait pensé à *tout*.

Le cœur battant, elle rouvrit le tiroir pour choisir à la hâte un soutien-gorge blanc et sa culotte assortie. Puis elle s'empara d'une ravissante robe, de la même nuance verte que ses yeux. Elle compléta l'ensemble par de délicates mules dorées.

C'est à peine si elle se reconnut lorsqu'elle croisa son reflet dans le miroir en pied de sa chambre. Sa tenue la rendait plus féminine qu'elle ne l'avait jamais été. Alors, se prêtant au jeu, elle releva sa chevelure rousse en chignon lâche.

Il manque encore un détail, songea-t-elle en fouillant dans sa trousse de toilette qu'elle avait déposée dans la salle de bains. Elle appliqua sur ses yeux un peu de mascara et sur ses lèvres un rouge carmin.

Face à elle se tenait une version sophistiquée d'elle-même. Une Anna plus confiante qu'elle ne l'était en réalité. Une femme prête à affronter Estéban Samaras.

Mais avant de le rejoindre pour dîner, c'est auprès de leur fils qu'elle puiserait la force dont elle avait tant besoin pour survivre à cette soirée.

— Bonsoir, mon trésor, fit Anna en franchissant la porte qui séparait sa chambre de celle de Loukas.

— Ce que tu es belle, maman !

Son fils se précipita vers elle pour se jeter dans ses bras.

— On dirait une reine ! ajouta-t-il, l'air ravi.

— Cela fait donc de toi un prince, répondit-elle en l'embrassant. Est-ce que Sa Majesté Loukas a choisi une histoire pour s'endormir ?

— Viens voir, maman.

Le petit garçon, vêtu d'un pyjama-short qu'elle n'avait jamais vu, l'attira vers une jolie bibliothèque en merisier. Tout un tas d'albums s'y trouvaient, adaptés à son âge.

— Regarde, il y a des bandes dessinées, j'en ai lu

deux déjà. Mais j'ai gardé ce livre-là pour que tu me le lises.

Pour le plus grand bonheur d'Anna, son fils continuait à vouloir qu'elle lui conte une histoire le soir, bien qu'il sache parfaitement lire seul. C'était un moment précieux pour tous les deux.

— *Journal de bord d'un astronaute*, lut-elle sur la couverture. Tout un programme !

Déjà, Loukas se glissait dans son lit, tout ouïe. Comme la plupart des enfants, il avait toujours aimé les héros. Les pompiers, les aventuriers et maintenant les grands explorateurs peuplaient sa chambre et ses rêves.

Anna commença sa lecture, découvrant l'histoire amusante d'un adolescent prêt à tout pour partir sur la Lune en trottinette. L'album était drôle mais également très documenté et elle s'émerveilla avec son fils de l'ingéniosité du personnage.

Enfin, quand elle crut Loukas endormi, elle referma doucement le livre, avant de déposer un baiser sur son front.

— Je t'aime, mon chéri, murmura-t-elle à son oreille.

Mais il rouvrit les yeux aussitôt.

— Maman, c'est vrai que tu vas te marier avec papa ?

La question la saisit de stupeur.

— Qui t'a dit ça ?

— Papa est passé me dire bonne nuit, tout à l'heure.

— Je vois…

Elle voyait rouge ! Estéban pensait-il lui forcer la main, en parlant directement à Loukas d'un mariage qu'ils n'avaient fait qu'évoquer jusqu'à maintenant, sans en discuter les termes ?

— C'est un sujet sérieux, mon chéri, et il est tard. Nous reparlerons de tout cela demain… D'accord ?

— D'accord, maman, bredouilla Loukas avant de sombrer tout à fait dans le sommeil.

Elle le borda puis quitta la pièce, habitée par une fureur indescriptible à l'égard de l'homme qui avait osé mêler leur enfant à sa quête de vengeance.

8.

— Comment as-tu osé ?

Une déesse flamboyante de colère. Voilà l'image qui s'imposa à l'esprit d'Estéban quand il vit surgir Anna sur la terrasse où avait été dressé leur dîner.

— Allons, tu ne vas pas me dire que tu n'étais pas consentante à ce baiser… ? fit-il, étonné par sa véhémence.

Elle y avait répondu avec avidité, sans l'ombre d'une hésitation.

— Ne joue pas au plus malin avec moi ! Tu sais très bien de quoi je parle !

S'il n'était pas question de leur étreinte, alors il s'agissait de leur fils.

— Tu n'aimes pas la façon dont nous nous sommes rapprochés, Loukas et moi, c'est ça ?

La rage flamba en lui et il se leva pour faire face à la beauté rousse qui l'avait privé de son enfant durant neuf ans.

— Tu croyais peut-être que j'allais rester sur le carreau des années encore, à attendre que tu veuilles bien me laisser une place dans sa vie ? ajouta-t-il. Cette journée que nous avons passée ensemble, nous en avions *besoin*, lui comme moi !

Elle cilla quelques instants, visiblement surprise par sa riposte.

— Tu n'avais pas le droit de lui parler de notre mariage ! lâcha-t-elle enfin.

Il ne s'était pas attendu à cela.

— Et pourquoi pas ?

Elle fit un pas de plus vers lui et il crut un instant qu'elle allait le gifler.

— Mais enfin, Estéban, tu ne pouvais pas lui parler de mariage pour la simple raison que je n'ai jamais accepté de t'épouser !

Son argument agit comme un soufflet sur sa colère.

— Au contraire, Anna, tu as accepté d'être ma femme au moment même où tu es montée dans mon jet pour te rendre sur mon île…

Elle leva les yeux au ciel, l'air exaspéré.

— *Ma* femme, *mon* jet, *mon* île… Il n'est question que de toi, Estéban Samaras ! Or un mariage, c'est tout sauf la célébration d'un ego surdimensionné.

— *Touché* ! répondit-il en riant, tout en mimant le geste d'être atteint en plein cœur.

— Vas-tu cesser de te moquer de moi ?

Plus elle fulminait, plus il poussait loin la provocation. Mais lorsqu'elle voulut frapper son torse de ses poings serrés, il saisit ses poignets avec gravité.

— Je crois qu'il y a un malentendu entre nous, Anna, dit-il en recouvrant tout son sérieux.

Il pouvait sentir son souffle tiède contre sa joue, alors qu'il la maintenait plaquée contre lui.

— Si tu avais tenu ta promesse il y a dix ans, nous serions mari et femme aujourd'hui. Ce mariage n'est peut-être pas celui que tu espérais, mais il est le seul choix qui s'offre à nous. Loukas est *notre enfant*. Tu peux me croire égoïste, mais c'est d'abord à lui que je pense. Alors vas-tu, oui ou non, consentir à m'épouser ?

Le regard vert s'adoucit.

— Tu te trompes, Estéban. Ce mariage avec toi, c'est ce dont j'ai toujours rêvé.

— Alors pourquoi… ?

Elle l'interrompit d'un baiser. Et toutes ses questions moururent au contact de ses lèvres.

Contre lui, Anna vibrait tout entière. Ses mains douces s'étaient glissées sous son polo et quand elle planta ses ongles dans sa chair, il comprit qu'elle le désirait autant que lui. De nouveau, la passion était là entre eux, exigeante – *douloureuse*.

Il s'écarta légèrement pour la regarder dans les yeux.

— Tu as faim ? demanda-t-il en désignant d'un geste du menton l'assortiment de salades qui les attendait.

— Seulement de toi, susurra-t-elle en reprenant sa bouche.

Alors, Estéban la souleva pour la prendre dans ses bras. Elle était aussi légère qu'une plume et si délicate… Il sentait les courbes de son corps sous la robe légère.

— Où m'emmènes-tu ? souffla-t-elle.

— Dans un grand lit. Le mien.

Tandis qu'elle traversait la villa Samaras dans les bras d'Estéban, Anna n'avait qu'une envie : s'unir à lui. Elle serait sa maîtresse dès ce soir.

Au fond, elle avait su dès leurs retrouvailles que ce moment viendrait. Tous deux étaient liés par le destin et l'enfant qu'ils avaient conçu à l'aube de leur vie.

Désespérée de n'être plus pour Estéban que la mère de son fils, elle avait d'abord lutté contre le désir. Mais à quoi bon retarder l'inévitable ? Chaque parcelle de son corps réclamait l'assouvissement.

Quant au sujet de leur mariage, Estéban n'avait pas

tort : il était le meilleur moyen de protéger Loukas d'une lutte assassine entre ses parents. Il leur garantirait à tous les trois de rester ensemble, malgré les aléas de la vie, pour le meilleur comme pour le pire.

La passion et la haine sont les revers d'une même médaille, tout le monde le sait. Et Anna avait tout intérêt à ce qu'Estéban soit son allié plutôt que son adversaire.

— C'est oui, murmura-t-elle à son oreille.

Il s'immobilisa sur le seuil de sa chambre.

— Pardon ?

— C'est oui, Estéban. Oui, je vais t'épouser.

Un éclat féroce brilla dans le regard noir et elle frissonna malgré elle. L'instant suivant, Estéban la déposait sur son lit.

Durant un long moment, il resta au-dessus d'elle, à la contempler en silence. Il avait fermé la porte et éteint la lumière, aussi la pièce était-elle plongée dans une semi-obscurité. La lune seule les éclairait à travers la porte-fenêtre grande ouverte.

— J'entends les vagues, murmura Anna avec ravissement.

— J'entends ton cœur, répondit Estéban en posant l'oreille sur sa poitrine.

Puis avec une infinie douceur, il entreprit de lui ôter ses sandales, puis sa robe. Ses mains remontèrent le long de ses chevilles, ses jambes, ses cuisses, ses hanches et jusqu'à ses bras pour libérer l'étoffe soyeuse. Anna ne portait plus que sa lingerie, à présent.

Ce moment la ramena à leur première fois au couvent. Estéban lui avait fait l'amour avec une telle déférence à l'époque… Tous deux avaient perdu leur virginité ensemble…

Or, celui qui se tenait au-dessus d'elle maintenant

n'avait rien de commun avec le jeune homme innocent auquel elle s'était offerte. Non, Estéban Samaras exsudait l'assurance d'un homme rompu aux jeux de la séduction. Il avait collectionné les maîtresses durant dix ans, alors qu'elle était restée naïve en matière de sexe.

— Je… je n'ai pas…, balbutia-t-elle.

Il déposa une pluie de baisers le long de son cou.

— Hum ? fit-il en réservant le même sort à sa gorge.

— Je n'ai pas connu d'homme depuis… *toi.*

Il releva brusquement la tête pour darder sur elle un regard incrédule. Puis un lent sourire étira ses lèvres pleines.

— Ma belle innocente…

Elle avait craint qu'il ne se moque de son inexpérience, mais il semblait au contraire soulagé, peut-être même heureux d'apprendre qu'elle lui avait été fidèle.

— Je serai doux, *agape mou*.

Elle l'attira à elle, pressée de retrouver le goût de ses lèvres. Tandis qu'il l'embrassait, Estéban faisait courir ses doigts sur sa peau, provoquant chez elle une myriade de sensations exquises.

Ses mains s'attardèrent sur sa poitrine, qu'il caressa d'abord à travers le soutien-gorge. Puis d'un geste habile, il dégrafa le sous-vêtement dans son dos. Ses tétons, libérés de leur carcan, se durcirent aussitôt. Alors Estéban empoigna ses seins en laissant échapper un râle.

— Comme tu es belle…

Estéban avait interrompu leur baiser mais avant qu'elle proteste, il suça les pointes rosées. Lorsque ses dents vinrent les mordiller, Anna ferma les yeux.

— Tu aimes ça ?

Pour toute réponse, elle gémit de plus belle. Elle aurait été bien incapable de décrire ce qu'elle éprouvait à cet instant. Tout son être était concentré sur la langue d'Estéban, qui cajolait ses mamelons par des mouvements circulaires et quelques succions.

Tandis que ce manège délicieux s'opérait, sa main s'aventurait sur son flanc, ses cuisses, ses fesses. Soudain, elle se posa sur son sexe. Anna s'arc-bouta lorsqu'une caresse audacieuse l'atteignit là, au plus intime de son être. Aux cercles dessinés par la langue experte répondaient ceux esquissés par les doigts tentateurs.

L'harmonie était parfaite et peu à peu, Anna se sentait fondre de plaisir. Son souffle s'était fait plus court alors qu'elle gravissait un sommet inconnu et merveilleux. L'air lui manquait presque, et pourtant c'est un cri qu'elle laissa échapper, brusquement, au paroxysme de la jouissance.

Il lui fallut quelques instants pour redescendre sur terre. Et durant ce moment où il lui semblait toucher les étoiles, elle se blottit contre Estéban. Il était encore habillé, remarqua-t-elle soudain, ce qui lui fit monter le rouge aux joues.

— Qu'y a-t-il, *agape mou* ?

— Je suis nue.

Il l'embrassa à pleine bouche.

— Et je ne me lasserai jamais de te regarder, répondit-il en allumant la lampe de chevet.

Elle tenta de ramener le drap à elle, mais Estéban l'en empêcha.

— Pourquoi te caches-tu de moi ?

Elle hésita, puis opta pour la franchise.

— J'ai peur de te décevoir…

Il fronça les sourcils.

— Comment peux-tu dire une chose pareille ? Ne vois-tu pas le désir que tu m'inspires ?

— Je n'ai plus le corps d'autrefois, dit-elle en posant une main sur son ventre.

De sa grossesse, il lui restait une pâle cicatrice et quelques rondeurs surtout. Jusqu'ici, elle n'avait jamais songé à ces marques de la maternité comme à un problème, mais Estéban avait des standards plutôt élevés en matière de femmes. Elle l'avait vu en une des magazines, avec à son bras des mannequins et des actrices sublimes.

— Tu es plus belle encore aujourd'hui, fit-il en prenant sa main dans la sienne.

Puis il embrassa avec douceur la fine ligne rose au-dessus de son sexe, tout en caressant son ventre.

— J'aurais aimé être là… quand notre fils est né…

— Tu étais dans chacune de mes pensées ce jour-là.

Elle était sincère, Estéban le lisait dans son regard. Et si vulnérable… Cette femme réveillait ses instincts les plus primaires – l'envie de la protéger, le besoin de la faire sienne.

— Fais-moi l'amour, Estéban…

Comme toujours, leurs cœurs se répondaient. Leurs corps s'appelaient.

Une fièvre nouvelle s'empara d'eux. Anna s'agenouilla sur le lit pour l'aider à ôter son polo. D'abord malhabiles, ses gestes se firent vite plus précis. Elle déboutonna son pantalon, fit glisser le vêtement sur ses hanches avant qu'Estéban s'en débarrasse tout à fait.

Il la fit basculer sur le dos et se positionna au-dessus d'elle. Ses cheveux roux étaient déployés sur l'oreiller. Plus libres qu'ils ne l'avaient été lors de leur première nuit sous les étoiles, où ils étaient alors nattés.

— J'ai tellement envie de toi, *agape mou*.

Elle sourit.

— Alors viens.

Un mouvement de reins, et il fut en elle. Il s'immobilisa quelques instants, pour laisser à Anna le temps de l'accueillir. Mais elle était déjà prête pour lui, il la sentait si douce autour de son membre dressé…

— Tu me rends fou…

Il entama un mouvement de va-et-vient, auquel elle répondit en remuant le bassin au même rythme – celui de la passion.

— Estéban…

Son prénom se faisait supplique, dans la bouche d'Anna.

— … encore !

Il accéléra la cadence, tandis qu'elle lui agrippait les fesses. Chacun de ses gémissements agissait sur lui comme une invitation à poursuivre cette danse extatique. Anna était bien plus que sa partenaire ; elle était la partition, la mélodie, la pulsation de vie !

— Estéban… maintenant !

Il s'empara de sa bouche et dans un dernier élan, emporta Anna sur les cimes de la volupté. Ils jouirent ensemble, criant en chœur leurs prénoms.

Lovée contre Estéban, Anna écoutait les battements réguliers de son cœur. Toute à son bonheur, elle n'osait plus bouger, de peur peut-être de se réveiller d'un rêve trop beau pour être vrai.

— C'est bien réel, n'est-ce pas ? murmura-t-elle.

Estéban se redressa sur un coude pour la regarder.

— Quoi donc ?

— Cette nuit… Nous…

Il prit doucement sa main pour la poser sur son sexe tendu.

— Si tu en doutes encore, alors je suis prêt à t'apporter quelques preuves supplémentaires du désir que tu m'inspires.

Elle rit. Ils avaient fait l'amour trois fois déjà, et elle ne doutait plus qu'Estéban y avait pris du plaisir.

— En fait, je meurs de faim ! Si nous mangions quelque chose, plutôt ?

Il déposa un baiser sur ses lèvres avant de se lever d'un bond.

— Ne bouge pas, dit-il en enfilant son pantalon et rien d'autre.

Restée seule, Anna s'étira entre les draps de soie. Ils étaient arrivés si vite dans la chambre qu'elle n'avait pas pris le temps de la regarder. La pièce était vaste et confortable, et découpée en deux espaces bien distincts. La partie nuit comportait le grand lit où elle se trouvait ainsi qu'une table de chevet et une jolie bibliothèque, en merisier comme celle de Loukas. La partie séjour était dotée d'un bar, d'une table basse et de deux fauteuils. Aux murs, des tableaux évoquaient la Grèce et son peuple.

L'ensemble était de très bon goût, mais relativement impersonnel. Estéban n'avait affiché aucune photo de sa famille. Il avait pourtant connu ses parents quelques années, avant d'atterrir à l'orphelinat. Peut-être n'avait-il aucun cliché d'eux ou bien les avoir sous les yeux lui serait-il trop douloureux…

Quand elle s'était installée à Birdy House, Anna avait fait l'inverse. Elle s'était entourée de photographies tout en conservant dans des boîtes de toutes les formes et de toutes les couleurs les souvenirs d'événements heureux. Les dents de lait de Loukas, le ticket de leur première séance de cinéma tous les deux, ses nombreux dessins… Capturer le bonheur, voilà ce qu'elle faisait, car elle le savait aussi précieux qu'éphémère.

Alors qu'elle se faisait ces réflexions, Estéban fit irruption dans la pièce, chargé d'un grand plateau. Celui-ci était garni d'un assortiment de salades grecques, de pain pita et d'une carafe de citronnade.

— Voilà exactement ce qu'il nous faut ! fit-elle, ravie.

Il disposa le repas sur la table basse, puis l'invita à le rejoindre dans le coin salon. Comme elle cherchait ses vêtements éparpillés au sol, il lui tendit sa robe qu'elle enfila à la hâte.

Ils trinquèrent et mangèrent de bon appétit, tout en discutant tranquillement de la Grèce. Bientôt, la conversation roula sur Grey Corp. et Anna voulut en savoir plus sur la réussite incroyable d'Estéban.

— Alors tu travailles avec Alejandro et Harrison ? Quelle chance d'avoir pu garder auprès de toi tes meilleurs amis !

Il secoua la tête.

— Ils sont bien davantage que des amis, pour moi. Nous n'avons pas de lien de parenté, pourtant, ce sont mes frères, ma famille. Et les seules personnes sur terre qui ne m'ont jamais abandonné.

Une ombre passa dans son regard noir et Anna regretta à cet instant le tour que prenait leur conversation. L'atmosphère était si légère, quelques instants plus tôt, et voilà que le spectre des reproches s'immisçait entre eux.

Bientôt, cet homme serait son époux et si elle voulait que leur mariage ait une chance de réussir, il fallait qu'elle s'explique.

— Te quitter a été l'épreuve la plus douloureuse de ma vie, commença-t-elle. La plus difficile, aussi.

— Tu as changé d'avis au dernier moment, répondit-il avec un haussement d'épaules. Tu as choisi la sécurité plutôt que l'aventure. Et si cela a bien failli me détruire, je comprends mieux aujourd'hui tes craintes et…

Elle l'interrompit d'un geste de la main.

— Laisse-moi finir, Estéban. Oui, j'ai renoncé à l'aventure pour la sécurité. Mais ce n'est pas moi que j'ai cherché à protéger ce jour-là.

Il fronça les sourcils, l'air incrédule.

— Qui donc, dans ce cas ?

Elle inspira profondément pour se donner le courage de lui révéler enfin toute la vérité.

— Je t'ai quitté pour te sauver. J'ai renoncé à toi et à l'amour pour t'épargner la prison.

9.

Dix ans plus tôt

— L'aube sera bientôt là, *agape mou*. Il est temps de partir.

Allongée dans le jardin du couvent des Lys auprès d'Estéban, Anna n'avait aucune envie de bouger. Elle aurait aimé prolonger encore ce moment merveilleux où, dans le secret d'une nuit étoilée, elle s'était offerte à l'homme qu'elle aimait.

Cette première fois serait suivie de beaucoup d'autres, elle le savait, pourtant son instinct lui soufflait de profiter de chaque seconde.

— Restons là quelques instants encore. Rien qu'une minute, s'il te plaît.

Mais il se mit debout et lui tendit la main.

— Je ne tiens pas à être trouvé là par la mère supérieure, fit-il avec une grimace.

Ils rirent tous les deux et Anna consentit à se lever.

— Très bien, ton argument m'a convaincue. Laisse-moi juste le temps de rassembler quelques affaires et je suis à toi.

À peine avait-elle prononcé ces mots qu'elle rougit. Elle lui appartenait déjà, de la plus intime façon qui soit.

— Vas-y. Je t'attendrai hors du couvent, près de notre portail.

Elle opina.

— Sois discret. À cette heure-là, tout le monde devrait dormir, mais avec l'incendie, certaines religieuses ont pu se rendre au village afin d'offrir leur aide.

Elle se hissa sur la pointe des pieds pour embrasser Estéban, puis courut à l'intérieur du couvent, en passant par la porte dérobée des cuisines.

Quelques minutes plus tard, elle atteignait le dortoir des orphelines. Tout était calme dans la vaste pièce. Difficile d'imaginer que non loin de là, un feu avait ravagé le foyer des pensionnaires de Grey Manor !

Anna passa devant le lit de ses camarades avec émotion. Toutes ces jeunes filles endormies avaient été ses amies. Malgré leur désir commun de quitter les Lys, elles y avaient partagé leurs joies et leurs peines, et quelques fous rires mémorables.

Arrivée à sa couchette, Anna souleva son oreiller pour en tirer ce qu'elle était venue chercher. Elle ouvrit le médaillon en or sur lequel était gravé son prénom en lettres déliées. Ce bijou était tout ce qui lui restait de la famille qu'elle n'avait pas connue. Elle le portait le jour où, âgée seulement de quelques heures, elle avait été abandonnée devant le couvent.

Bien qu'elle ignorât tout des circonstances de sa venue au monde, Anna voyait dans ce pendentif la preuve qu'elle avait été aimée, ne serait-ce qu'un instant, par ceux qui avaient décidé de se séparer d'elle.

Avec un soupir, elle le glissa autour de son cou, puis attrapa son sac dans lequel elle fourra à la hâte quelques vêtements. Enfin, elle fut dans le jardin où le jour commençait à poindre.

— Où comptes-tu aller comme ça, jeune fille ?

Dans un sursaut, Anna se retourna vers Emily.

— Nulle part, ma sœur. Je n'arrivais pas à dormir et…

D'un mouvement du menton, la religieuse désigna le baluchon qu'Anna portait à l'épaule.

— Je sais qu'il t'attend.

La voix était dure, aussi tranchante qu'un silex, et Anna sentit l'angoisse la gagner. Jamais la religieuse ne s'était adressée à elle sur ce ton. Au contraire, elle avait toujours manifesté de la bienveillance à son égard.

— Ce n'est pas ce que vous croyez. Je…

— Assez ! la coupa Emily. J'ai couvert tes rendez-vous avec ce garçon, car je les croyais inoffensifs…

— Ils l'étaient, ma sœur. Estéban et moi n'avons jamais rien fait de répréhensible.

Jusqu'à ce soir.

— La situation a changé, Anna. Il y a eu un incendie à Grey Manor et ton prétendant va quitter la région.

La sœur Emily avait bon cœur, aussi Anna décida-t-elle de lui révéler ses intentions.

— Je veux partir avec lui ! Dès aujourd'hui…

— Il n'en est pas question ! tonna la religieuse.

— J'ai dix-sept ans, je suis en âge de me marier. Estéban et moi, nous nous aimons !

Son cri du cœur ne fit qu'accroître la colère d'Emily.

— Tu es si innocente, ma fille… Un ange que ce diable-là voudrait détourner du droit chemin. Je t'interdis de le suivre !

Personne ne l'empêcherait de quitter le couvent. S'armant de courage, Anna contourna la religieuse pour se diriger à pas pressés vers la sortie. Vers Estéban.

Mais Emily ne se laissait pas distancer. Elle courait

presque derrière elle, malgré son embonpoint. Anna accéléra la cadence.

— Si tu pars, alors je ferai arrêter cet homme.

Anna se retourna pour faire face à la religieuse.

— La police ne s'intéressera ni à lui ni à nous. Elle ne mobilisera pas une équipe pour retrouver deux orphelins amoureux et presque majeurs qui s'envolent vers une vie meilleure…

Un éclat dur passa dans le regard d'Emily.

— Tu as raison, ma fille. Personne ne s'intéressera à la fuite d'un orphelin. Celle d'un pyromane, en revanche…

Anna sentit une lame glacée la traverser.

— Estéban n'a rien à voir avec l'incendie ! s'écria-t-elle avec une conviction qu'elle était loin de ressentir. Il lui était apparu si serein, au moment de leurs retrouvailles. Si déterminé à laisser le passé derrière eux…

— Je l'ai vu ! tonna Emily.

Les mots mirent un instant à pénétrer la conscience d'Anna. Elle secoua la tête, horrifiée.

— Impossible ! Vous faites erreur !

— Pourquoi te mentirais-je ?

Elle fouilla le regard de la religieuse, se refusant à admettre l'impensable.

— Estéban n'est pas celui que vous croyez…

— C'est *lui* qui a allumé le brasier, renchérit Emily. Et si tu le suis, alors je ferai en sorte qu'il purge une longue peine de prison.

Anna sut à cet instant que la partie était perdue. Ses rêves venaient de voler en éclats. Gagnée par le désespoir, elle capitula.

— Gardez le silence, ma sœur, je vous en supplie. Je ferai tout ce que vous voudrez.

Un sourire satisfait étira les lèvres d'Emily.

— J'ai toujours su que tu étais une enfant raisonnable, ma fille. Jure-moi d'oublier cet homme.

Les larmes aux yeux, Anna joignit ses mains en un geste de déférence.

— Je vous le promets, ma sœur.

C'était un mensonge, bien sûr. Elle quitterait Estéban, mais jamais elle ne pourrait l'oublier.

Estéban attendait Anna devant le couvent des Lys depuis une demi-heure environ, et il commençait à s'inquiéter. Pourvu qu'elle n'ait croisé personne !

À son grand soulagement, il la vit enfin arriver, l'air bouleversé. Sans doute était-elle émue de quitter le foyer qui l'avait vue grandir. Il s'apprêtait à lui ouvrir le portail quand elle secoua la tête avec gravité.

— Je ne peux pas partir, dit-elle d'une voix où perçait une infinie tristesse.

Le cœur d'Estéban manqua un battement.

— Qu'est-ce que tu racontes, *agape mou* ? C'est le moment ou jamais, tu dois me faire confiance…

— Pars sans moi, rétorqua-t-elle en baissant les yeux. Cette nuit… nous deux… C'était une erreur.

Comme il l'avait fait des dizaines de fois, Estéban tendit la main vers elle, à travers le portail de fer forgé. Mais au lieu de lui offrir la sienne, Anna recula.

— Adieu, Estéban.

Et elle s'enfuit en courant, le laissant l'esprit en déroute et le cœur en miettes.

Estéban resta un long moment aux portes du couvent, peinant à croire la scène qui venait de se jouer. Allait-il se réveiller du cauchemar qui venait de l'engloutir ? Les dernières heures écoulées avaient été si riches en rebondissements qu'il pouvait douter de leur réalité. Il y avait eu l'incendie, sa fuite, son étreinte avec Anna. Et le plus impensable : leur séparation !

Après des années de souffrance, il avait cru voir sa chance tourner enfin. Mais au moment où il touchait au bonheur, celui-ci lui était arraché.

Sortant de son hébétude, il jeta un dernier regard au clocher ancestral, à cette bâtisse qui retenait encore celle qu'il avait tant aimée. Il n'était plus question pour lui de rester cloîtré à North Grey. Il tiendrait la promesse qu'il avait faite à ses frères de partir avec eux.

Anna avait été son univers et même si cela lui causait une douleur terrible, Estéban poursuivrait sa route sans elle.

Seul mais libre.

Plus tard, Estéban aurait toutes les peines du monde à se rappeler comment il parvint à rejoindre Glaston. Son trajet en train se fit dans un brouillard absolu. Hanté par les paroles d'Anna, il perdit la notion du temps et c'est à la dernière minute seulement qu'il prit conscience d'être arrivé à destination. Il descendit de la vieille locomotive au moment même où les portes se refermaient.

Tel un automate, il gagna le pont, où l'attendaient Harrison et Alejandro. Les voir le ramena brusquement sur terre.

— Bon sang ! Estéban, tu ressembles à un fantôme, fit le premier.

— C'est cette fille, n'est-ce pas ? renchérit le deuxième. Oublie-la. Tu n'as pas besoin d'elle.

Il aurait aimé pouvoir leur expliquer les sentiments contradictoires qui l'assaillaient. La passion, le bonheur qu'il avait éprouvés à tenir Anna dans ses bras quelques heures plus tôt. Mais ses frères avaient cruellement manqué d'amour, toute leur vie durant. C'était une émotion qui leur était étrangère, d'une certaine façon, même si tous trois étaient très attachés les uns aux autres.

— Je n'ai besoin que de vous, les gars !

Le visage d'Alejandro s'éclaira.

— Tu pourras toujours compter sur nous : Harry et moi sommes ta seule famille, et la seule dont tu aies besoin !

Le propos était cruellement enthousiaste et Estéban s'efforça de sourire. Bien sûr, ses amis seraient toujours ses plus proches parents, pourtant il avait espéré fonder un foyer bien à lui avec Anna, avoir des enfants qui n'auraient pas dans leur bagage toute une vie de souffrance. Il avait rêvé d'innocence auprès de celle qui l'incarnait le mieux à ses yeux.

Il avait eu tort de rêver à l'impossible. Dorénavant, il concentrerait toute son énergie à se bâtir un avenir où, avec l'aide de ses frères, il serait seul maître de son destin.

Il faisait grand jour maintenant, au couvent des Lys. Couchée dans son lit étroit, Anna serrait contre elle le médaillon resté pendu à son cou. Incapable du moindre mouvement, elle avait fait dire à ses camarades qu'elle était souffrante. Et c'était vrai : elle souffrait le martyre.

Jamais elle ne s'était sentie aussi seule. Quelques heures plus tôt, elle goûtait à la félicité dans les bras d'Estéban, et voilà qu'il était parti, loin d'elle.

Il avait affiché un visage si bouleversé quand elle l'avait quitté, bien malgré elle. Comme elle aurait voulu pouvoir expliquer son revirement, le supplier de venir la rechercher une fois la situation apaisée. Hélas, la sœur

Emily la guettait dans les jardins et ses menaces avaient terrorisé Anna.

Elle préférait encore renoncer à son grand amour plutôt que de le savoir condamné à la prison. Estéban n'avait-il pas été privé de liberté la majeure partie de sa vie ?

Bien qu'il n'aimât pas s'épancher sur l'existence misérable qu'il menait à Grey Manor, Anna avait entendu les rumeurs au sujet de l'orphelinat. Les garçons y étaient maltraités avec une cruauté rare. Les sévices physiques autant que psychologiques laissaient leur empreinte sur les âmes d'enfants déjà tourmentés. Ceux qui avaient la chance d'être adoptés ne remettaient plus jamais les pieds dans cet endroit redouté.

Anna s'était toujours demandé comment, en grandissant dans un lieu aussi sinistre, Estéban avait pu devenir ce jeune homme confiant dans l'avenir. Il allait de l'avant, quelles que soient les circonstances.

À bien des égards, il avait embelli son existence, il lui avait ouvert les portes du paradis, or en guise de remerciement elle l'avait rejeté.

Les jours passèrent, sans qu'Anna quitte la vaste chambre devenue aussi froide que son cœur. En temps normal, ses amies l'auraient tirée du lit, mais la sœur Emily ne laissa personne l'approcher. Dès le départ d'Estéban, la religieuse avait recouvré sa douceur habituelle. Elle semblait même avoir pitié de la jeune fille égarée qu'elle avait protégée du mieux qu'elle pouvait – en la condamnant au malheur.

Anna n'était pas même capable de la détester. Comment en vouloir à la dévote de chercher à soustraire l'une de ses enfants à l'influence d'un homme qu'elle croyait criminel ?

L'était-il ? Cette question tourmentait Anna sans relâche. Estéban avait-il craqué l'allumette qui avait détruit Grey Manor ? Avait-il agi seul ? Avait-il provoqué ce désastre dans le but de fuir avec ses frères et elle ?

Bien qu'elle ait du mal à imaginer la scène, elle ne pouvait s'empêcher de croire Emily. La religieuse s'était montrée formelle, elle avait reconnu l'auteur des faits. De plus, Anna lui avait toujours fait une confiance sans limites. Jamais elle ne lui aurait menti sur un sujet aussi grave.

Le plus étrange dans tout cela, c'est que l'implication d'Estéban dans cet incendie n'altérait en rien les sentiments profonds qu'Anna éprouvait pour lui. Peut-être avait-elle toujours su quelle noirceur son âme recelait. Peut-être même avait-elle imaginé pouvoir l'aider à vaincre ses démons, en lui offrant son amour, toute une vie de bonheur et de partage.

Hélas, il n'était plus question d'avenir entre eux. Le destin s'acharnait sur les orphelins de North Grey. Seuls ils étaient, seuls ils resteraient.

Un mois s'écoula, puis deux, puis trois. Anna avait repris le cours de son existence, ou ce qui s'en rapprochait. Privée de ses rendez-vous matinaux avec Estéban, le cœur exsangue de tout espoir, elle n'était que l'ombre d'elle-même. Son quotidien, rempli de leçons à apprendre, de tâches à accomplir et de prières à répéter, avait perdu toute saveur. Il lui semblait que jamais plus elle ne cesserait de pleurer.

Jusqu'à ce jour de novembre où elle reçut une nouvelle incroyable. Une nouvelle terrifiante et merveilleuse, qui allait changer le cours de sa vie.

Ce jour-là, Anna sécha ses larmes, tandis que son cœur glacé se remettait à battre. Le souffle de la vie l'inondait de sa douce chaleur.

Elle attendait un enfant d'Estéban.

10.

Villa Samaras, aujourd'hui

« Je t'ai quitté pour te sauver. J'ai renoncé à toi et à l'amour pour t'épargner la prison. »

Sous le choc des mots, Estéban resta un moment interdit. Il s'était attendu à tout, sauf à ça.

— La prison ? répéta-t-il, incrédule.

— La sœur Emily t'a vu, ce soir-là… Elle a menacé de tout dire à la police, si je partais avec toi…

Il mit quelques secondes encore à comprendre.

— L'incendie, souffla-t-il.

L'air grave, Anna hocha la tête.

— Tu étais jeune, Estéban. Et Grey Manor était le pire endroit qui soit. Un orphelinat terrible, un lieu de souffrance pour toi et tous ses pensionnaires…

Était-elle en train de lui chercher des excuses, pour un crime qu'il n'avait pas commis ?

— Je sais pourquoi tu l'as fait, poursuivit-elle. Peut-être même que je *comprends* tes raisons.

Ainsi donc, durant dix longues années, Anna l'avait cru coupable d'avoir mis le feu à son orphelinat. Elle l'avait quitté sur cette erreur – et privé de son fils. La tête lui tournait à l'idée des conséquences qu'avait eues sur leur existence le mensonge d'une religieuse.

— Alors tu penses que j'ai mis le feu à Grey Manor ?

Comme elle ne répondait pas, il posa les mains sur ses épaules.

— Anna, regarde-moi…

Elle leva la tête vers lui et pâlit brusquement. Dans ses yeux défilèrent le doute, la stupeur puis une infinie tristesse.

— Je l'ai cru longtemps… je l'ai cru jusqu'à *maintenant*.

Un long silence s'ensuivit.

— Eh bien, tu as eu tort, rétorqua-t-il enfin d'une voix dure.

La colère le gagnait. Toutes ces années avaient été perdues, gâchées parce qu'Anna n'avait pas su lui faire confiance. Si seulement elle l'avait interrogé, à l'époque, plutôt que de croire sur parole les dires de la sœur Emily…

— Mais alors *qui* ? bredouilla-t-elle.

Depuis longtemps, Estéban nourrissait des soupçons au sujet de l'un de ses frères, sans que jamais il l'ait confronté. Désigner le coupable avait-il encore le moindre intérêt, du reste ? Il n'y avait pas eu de blessé et personne n'avait regretté ce lieu maudit, si ce n'est son directeur, peut-être.

— J'ignore qui a fait brûler Grey Manor, mais je ne le remercierais jamais assez pour ce geste. En fait, j'aurais voulu que ce soit moi.

Estéban était innocent.

Anna aurait dû être soulagée par cette nouvelle, or elle ressentait plutôt un profond désespoir. Car elle prenait soudain conscience de la vanité de son sacrifice.

Elle avait renoncé à l'homme qu'elle aimait, elle avait privé son fils d'un père sans aucune raison valable…

Des larmes se mirent à rouler sur ses joues.

— Je t'aurais suivi au bout du monde…

Au lieu de ça, elle était restée à North Grey, où elle avait vécu une existence sereine mais dénuée de passion. Toutes ces années sans Estéban avaient pesé lourd sur son cœur, pourtant elle s'était consolée en le sachant libre. Chaque fois qu'elle découvrait son visage dans la presse, elle se félicitait d'avoir écouté la voix de la sagesse.

Elle avait suivi son ascension fulgurante, celle d'un laissé-pour-compte devenu un magnat de l'immobilier haut de gamme. Souvent, elle avait été tentée de le recontacter. Elle s'en était finalement abstenue, craignant qu'un rapprochement puisse être fait entre l'incendie et l'enfant conçu la nuit du drame.

La presse n'ignorait pas que les fondateurs de Grey Corp. avaient grandi à l'orphelinat, mais aucun journaliste n'avait encore osé relayer la rumeur qui courait au village, selon laquelle « le trio diabolique » était à l'origine du feu. Sans doute les médias craignaient-ils des représailles de la part des puissants milliardaires vis-à-vis de leurs journaux s'ils se faisaient l'écho de faits infondés. Tous préféraient se concentrer sur leur réussite dans les affaires et auprès des femmes.

Anna avait gardé le secret de la naissance de Loukas, pour protéger le père comme le fils.

— Sauras-tu me pardonner, Estéban ? Je comprends que tu me détestes, mais…

Il secoua la tête.

— Je ne te déteste pas, Anna. Et je ferai en sorte que notre mariage fonctionne, dans l'intérêt de Loukas. Mais ne me demande pas de te pardonner. Je ne serai pas celui qui t'absoudra de tes péchés : je n'en ai ni le pouvoir ni la volonté. Car vois-tu, *par ta faute*, je n'ai plus assez d'amour en moi pour faire preuve de la moindre compassion. Jamais je n'oublierai que tu m'as volé les premières années de mon fils.

Sur ces mots, il se leva et quitta la chambre où, quelques instants plus tôt, Anna croyait l'avoir enfin retrouvé.

Estéban avait besoin d'être seul. Aussi se dirigea-t-il vers la crique qui lui tenait lieu de compagne chaque matin. Une fois assis sur son rocher, face à la mer, il inspira profondément l'air salé. Aussitôt, ses tourments se firent plus légers.

Les vagues s'échouaient en contrebas, et, bercé par leur clapotis, il ferma les yeux un instant. Il aurait voulu pouvoir user de son esprit logique pour analyser la situation dans laquelle il se trouvait, mais il n'en avait pas la force. Il ressentait comme un grand vide en lui, une béance.

Longtemps, il s'était retranché derrière la colère. Il en avait terriblement voulu à ses parents d'avoir quitté ce monde trop tôt. Il avait détesté tous ceux qui à l'orphelinat l'avaient maltraité. Il avait été fou de rage à l'égard d'Anna, après qu'elle eut choisi de l'abandonner plutôt que de le suivre.

La fureur l'avait protégé des autres et surtout de lui-même. Elle l'avait empêché de sombrer dans le désespoir. Il était ressorti plus fort de chacune des nombreuses épreuves qui avaient jalonné son existence. Peut-être même avait-il éprouvé une certaine fierté à l'idée d'être capable de se relever, quand tant d'autres auraient baissé les bras.

Quel imbécile ! Toutes ces émotions négatives, si elles l'avaient aidé à gravir les sommets, ne l'avaient en aucun cas préservé de la souffrance. Le poids qui pesait sur son cœur n'avait d'égal que le mal qui meurtrissait son âme.

Anna et lui avaient été séparés sur un mensonge.

Avec les années, il s'était fait à l'idée qu'elle ne l'avait pas suffisamment aimé pour l'accompagner. Mais comment accepter qu'elle l'ait trop aimé pour le faire ?

S'il avait su la vérité, s'il avait su qu'elle le quittait pour de mauvaises raisons, alors il se serait battu pour elle, pour qu'ils aient un avenir tous les deux. L'arrivée de Loukas aurait concrétisé tous leurs rêves de bonheur.

Au lieu de cela, ils avaient suivi des voies si différentes qu'il se demandait comment les faire converger l'une vers l'autre.

Quand il avait mené Anna à l'extase, quelques heures plus tôt, il avait été saisi par son regard empli d'amour. Malgré les années et la rancœur, elle éprouvait encore des sentiments à son égard. Pouvait-il en dire autant ? Il lui semblait être désormais dépourvu de cette faculté à *ressentir* pour l'autre pareilles émotions.

Tu aimes Loukas.

Cette certitude se nicha en lui, dans sa poitrine. Là où, bien qu'il en doutât, battait encore un cœur.

Anna nageait en pleine confusion. Cela faisait maintenant deux semaines qu'Estéban et elle avaient eu cette amère discussion, sans qu'ils aient été capables depuis de renouer le dialogue. Après avoir atteint ensemble le nirvana, la chute n'en avait été que plus brutale.

Quand les vacances scolaires étaient arrivées à leur terme, Estéban lui avait demandé de rester, et elle l'avait fait. Comment aurait-elle pu quitter la Grèce alors que père et fils développaient une réelle complicité ? Ils avaient besoin de temps pour se connaître ; or, du temps, Anna en avait à revendre. En effet, toute à sa solitude, elle voyait les journées s'étirer inlassablement, sans but ni fin.

Dans le monde d'Estéban, les soucis du commun des mortels se réglaient en un coup de fil. C'est ainsi qu'il avait appelé l'école de Loukas puis l'employeur d'Anna à la bibliothèque de North Grey pour les prévenir de leur absence prolongée. Le lendemain, Loukas recevait son premier cours particulier d'un précepteur dépêché sur place.

« Nous t'inscrirons à l'école de Milos dès la rentrée prochaine », avait expliqué Estéban à leur fils. L'île en question était située à une vingtaine de minutes de bateau de celle de Samaras, et Loukas avait sauté de joie à l'idée de naviguer chaque matin pour se rendre en classe.

Prise dans une spirale où tout semblait vouloir lui échapper, Anna n'avait pas même cherché à s'opposer aux décisions prises par Estéban. N'avait-elle pas organisé seule la vie de Loukas jusqu'ici ?

Et puis, Estéban faisait tout pour l'éviter, ce qui ne facilitait pas la communication entre eux. Chaque fois qu'elle tentait de l'approcher, il se dérobait, prétextant un appel téléphonique ou une réunion urgente. Il s'enfermait des heures dans son bureau et n'en sortait que pour déjeuner ou partager des moments privilégiés avec Loukas.

À l'instant même, Estéban racontait au petit garçon une légende grecque, sur cette terrasse ensoleillée si propice au bonheur, tandis qu'Anna se tenait à l'écart, le cœur sombre.

— *Baklava* ?

La voix dans son dos la fit sursauter. Anna se retourna vers Calliope qui lui présentait un plateau de pâtisseries traditionnelles.

La gouvernante semblait considérer qu'Anna était bien trop mince et lui rappelait à la moindre occasion que tout problème devient plus léger quand il est saupoudré de sucre. La gentille dame avait le don de lire en elle, car chaque fois qu'Anna avait le moral en berne, elle apparaissait à son côté, munie de quelques douceurs grecques.

— Merci, Calliope.

Si elle n'y prenait pas garde, elle ne rentrerait bientôt plus dans sa toute nouvelle et précieuse garde-robe. Mais qu'importe ! Ces derniers temps, elle avait les nerfs en pelote et des fringales fréquentes.

— C'est un gentil garçon, fit la gouvernante.

Anna sourit à l'évocation de son fils.

— Je suis une maman chanceuse.

— Loukas est merveilleux, mais je parlais d'Estéban.

Elle se contenta de hocher la tête en silence. La nausée lui venait à l'idée d'avoir perdu à jamais celui qu'elle avait tant aimé.

— Est-ce que ça va, ma petite ? Vous êtes blanche comme un linge.

— En fait, non, balbutia Anna, prise de vertige.

— On dirait que vous allez tourner de l'œil…

Et en effet, Anna se serait probablement effondrée si deux bras puissants ne l'avaient pas soutenue au même moment.

— Appelez le docteur, Calliope !

Déjà, la gouvernante se dirigeait vers la villa, tandis qu'Estéban aidait Anna à s'asseoir.

— Ça va, maman ? Tu es toute pâle.

Elle s'efforça de sourire à son fils, qui arborait une mine inquiète.

— Tout va bien, mon chéri, fit-elle en tentant de se relever.

Comme Estéban l'en empêchait, elle resta immobile, consciente de sa proximité. Pour sa part, elle n'avait aucune envie de croiser le regard de cet homme qui l'ignorait depuis des jours et ne se rappelait à sa présence qu'à l'instant où elle s'évanouissait.

— C'est juste un coup de chaud, ajouta-t-elle avec une conviction qu'elle était loin de ressentir.

Car le doute s'insinuait en elle. Se pouvait-il que… ?

Non, impossible, elle ne pouvait pas être enceinte. Elle ne le *devait* pas !

Estéban et elle ne se parlaient plus, se comprenaient à peine. Bien qu'ils aient prévu de se marier prochainement, l'arrivée d'un enfant ne ferait que compliquer davantage encore leur existence mouvementée.

Mentalement, Anna fit un rapide calcul, et se prit la tête entre les mains, bouleversée. Le destin ne pouvait pas se montrer aussi facétieux. Quelle était la probabilité pour que les deux seules nuits qu'elle avait passées dans les bras d'Estéban aient eu la même tendre conséquence ?

La réponse s'afficha quelques heures plus tard sur la mine réjouie du Dr Emílios, venu l'examiner dans sa chambre.

— Félicitations, madame Samaras, lança-t-il en brandissant ses résultats d'analyse. Vous attendez un bébé !

Elle aurait dû lui répondre qu'elle n'était pas mariée, cependant il le savait déjà, en qualité de médecin de famille. En outre, tout le monde dans la région devait être au courant qu'une femme et son fils habitaient chez « le milliardaire des Cyclades ».

Elle aurait pu lui dire que cette nouvelle n'avait rien de réjouissant. Mais c'eût été un mensonge. Car déjà, une émotion intense la gagnait à l'idée de cet enfant qui grandirait en elle.

Le petit frère ou la petite sœur de Loukas.

— Le papa va être aux anges ! ajouta le médecin.

Rien n'était moins sûr. Certes, Estéban se révélait être pour leur fils un parent formidable, mais ni lui ni elle n'avaient prévu d'agrandir si vite leur toute nouvelle famille.

— Laissez-moi lui annoncer la nouvelle, s'il vous plaît.

— Naturellement, madame. Et si vous avez besoin de quoi que ce soit, faites-moi appeler. Je serai là en un rien de temps.

— Merci, docteur.

Restée seule, Anna quitta son lit pour se diriger vers la chambre attenante de son petit garçon. Elle le trouva en train de dessiner, allongé par terre.

— Est-ce que tu vas mieux, maman ? demanda-t-il aussitôt en levant les yeux vers elle.

— Je suis en pleine forme, répondit-elle en s'asseyant en tailleur à côté de lui.

Aussitôt, Loukas vint poser sa tête sur ses cuisses, en quête de câlin.

— Qu'est-ce que tu dessines, mon chéri ?

Anna attrapa les feuilles éparpillées pour les regarder de près. Sur le premier dessin figuraient la mer, le ciel, un bateau et des poissons. Le second était une reproduction très fidèle de la villa Samaras et de son jardin.

— Toutes ces fleurs… tu les as très bien réussies ! fit-elle, émerveillée par les détails et les couleurs vives.

Alors qu'elle caressait les cheveux de Loukas, il lui tendit un troisième dessin.

— Celui-là, je l'ai fait pour toi, maman.

Anna sentit les larmes affluer à ses paupières. Sur la

feuille, un petit garçon souriant était entouré d'une jolie femme rousse très élégante et d'un grand homme aux cheveux noirs.

Émue, elle suivit de l'index les noms écrits sous chacune des personnes représentées.

— « Maman, Loukas, papa », souffla-t-elle.

Les bonshommes étaient auréolés de cœurs rouges, dans un ciel bleu éclairé par un soleil jaune.

— Papa et moi avons la même tenue, tu as vu ? Mais toi je t'ai dessinée avec ta robe verte, parce que tu es vraiment très belle, dedans.

Elle hocha la tête et serra fort son fils dans ses bras.

— Merci, mon chéri. C'est magnifique.

À cet instant, Anna sentit une force nouvelle la gagner. Son fils et le petit être qu'elle mettrait bientôt au monde méritaient la famille représentée sur ce dessin. Une famille unie et heureuse.

Pour ses enfants et elle, il n'y avait pas d'alternative possible : ce serait le bonheur ou rien.

Avec ou sans Estéban.

11.

Quand il arriva sur son rocher, ce matin-là, Estéban eut la surprise d'y trouver Anna. Absorbée par la contemplation de la mer, elle ne le vit pas approcher et il en profita pour l'observer quelques instants.

Ses longs cheveux roux flottaient au vent tandis que, les paupières closes, elle offrait son visage au soleil. On aurait dit un ange.

Il s'était fait la même réflexion le jour de leur rencontre, il y avait de cela une éternité. Estéban avait rechigné à assister à la chorale de Noël, jusqu'au moment où il l'avait aperçue, au milieu de la scène. Entourée de ses camarades, la petite fille semblait perdue et effrayée. Sa solitude abyssale l'avait ému, car elle faisait écho à la sienne.

Soudain, ses beaux yeux verts avaient croisé les siens pour ne plus les quitter. Durant toute la soirée, il lui avait semblé qu'elle chantait pour lui de sa voix cristalline.

Les mélodies étaient joyeuses et tellement tristes à la fois. Elles évoquaient pour lui l'amour, ce bonheur à jamais disparu. Alors que la voix d'Anna l'enveloppait, Estéban avait été submergé par un torrent d'émotions. Des émotions oubliées depuis la mort de ses parents.

Après cette soirée, Estéban avait tout fait pour revoir

cette petite fille pâle qui lui avait rappelé que lui était encore *vivant*. Elle l'avait tiré des ténèbres. Grâce à elle, il était parvenu à faire son deuil.

Tous deux étaient devenus amis, amoureux puis amants, avant que la vie les sépare. Alors, il avait dû surmonter une autre perte, plus douloureuse encore que les précédentes. Y était-il seulement parvenu ?

— Je comprends que tu aimes cet endroit, fit-elle, l'arrachant à ses souvenirs. C'est si paisible…

Il vint s'asseoir près d'elle.

— C'est mon sanctuaire. Que fais-tu là ?

Il avait parlé d'une voix plus dure qu'il ne l'aurait voulu, mais elle ne parut pas le remarquer.

— Je t'attendais. Pour te remettre *ceci*.

Elle lui tendit une lettre cachetée, sur laquelle elle avait inscrit son prénom en lieu et place du destinataire.

— Je veux que tu l'ouvres quand je serai partie.

Son cœur manqua un battement.

— Partie ? répéta-t-il.

— Il le faut bien… Cela fait plus d'un mois que nous sommes arrivés. Ma vie est à North Grey.

Il secoua la tête avec véhémence.

— Ta place est auprès de moi !

Un faible sourire se dessina sur ses lèvres.

— Voilà que tu recommences à vouloir diriger ma vie. Seulement vois-tu, Estéban, tu fais fausse route. Il ne peut y avoir de place pour moi ici en Grèce… tant que tu ne m'en feras pas une *là*, acheva-t-elle en posant une main sur son cœur.

Le traître se mit à battre furieusement. Cependant, Estéban fut incapable de prononcer les mots qu'Anna attendait. Ils restaient là, prisonniers de ses lèvres. Il s'était promis autrefois de ne plus perdre le contrôle de ses émotions et il y était parvenu. Renoncer maintenant serait prendre un trop gros risque.

Comme il restait silencieux, elle finit par ôter sa main de sa poitrine, laissant en lui un grand vide. Et quand elle se leva pour partir, il ne la retint pas.

Pas même lorsqu'il vit briller des larmes argentées sur les joues d'Anna.

La villa Samaras était silencieuse, bien trop silencieuse au goût d'Estéban. Depuis le départ d'Anna et Loukas, deux semaines plus tôt, il détestait ce calme absolu qui jadis faisait sa satisfaction. Parfois, il lui semblait entendre les rires de son fils avant de se rappeler qu'il était seul.

Ne supportant plus le regard compatissant de Calliope et d'Hector, il leur avait offert un congé et en dehors de lui, il n'y avait pas âme qui vive sur son île.

Tu l'as bien cherché.

Oui, il ne pouvait s'en prendre qu'à lui-même. Car s'il avait prononcé les mots qu'Anna attendait – ceux qu'il lui avait soufflés par-delà une grille infranchissable quand ils n'étaient que deux enfants –, alors elle serait restée auprès de lui. Hélas, il se savait incapable de lui offrir ce qu'elle désirait. Ce que Loukas et elle méritaient.

Cet après-midi-là, il s'était installé à son bureau avec l'intention de boucler une affaire urgente, seulement il ne parvenait pas à se concentrer. Toutes ses pensées, inlassablement, convergeaient vers Anna et leur fils.

Une nouvelle fois, il ouvrit l'enveloppe qu'elle lui avait remise le jour de son départ et d'une main tremblante, il déplia le dessin qu'avait réalisé Loukas.

Un petit garçon y figurait avec un grand sourire, entouré de ses parents, auréolé de cœurs. Il portait un simple maillot de bain, comme son papa dont il tenait la main. La maman était représentée dans une belle robe et parée de bijoux. Des notes s'échappaient de ses lèvres : elle chantait son bonheur.

Voilà la vie dont rêvaient Loukas et Anna. Une vie de famille avec l'amour pour guide. La lettre qui accompagnait le dessin ne laissait aucun doute à ce sujet :

« Mon cher Estéban,

Cette lettre, je l'espère, sera la dernière que je t'écrirai.

Nous avons été séparés trop longtemps, toi et moi, pour nous contenter d'une relation épistolaire à sens unique.

Je souffre mille morts d'avoir découvert combien ma naïveté nous a porté préjudice. Seulement, je refuse de vivre dans le regret. Je n'en ai plus la force, je n'en ai pas le droit.

Pour ma famille, je souhaite le bonheur, un bonheur absolu et sans faille.

Je t'aime depuis le premier jour, celui de notre rencontre la veille de Noël. Je t'aimerai toujours.

Écoute ton cœur : s'il bat encore pour moi comme il bat pour notre enfant, alors c'est que, peut-être, la vie nous offre une seconde chance. Saisis-la.

Ton Anna

Estéban avait longtemps partagé ce rêve de bonheur. Or, aujourd'hui que ce dernier était à sa portée, il doutait de sa capacité à le rendre réel. En imposant le mariage à Anna et un déracinement à Loukas, ne risquait-il pas de les priver de cette douce tranquillité dont ils jouissaient depuis des années, *sans lui* ? Bien que cela fût difficile à admettre, Loukas avait grandi sans père jusqu'à présent – et il avait été parfaitement heureux à North Grey. Estéban avait-il le droit de tout remettre en question aujourd'hui ?

S'immiscer dans ce bonheur comme dans le dessin de son fils, n'était-ce pas pur égoïsme de sa part ?

La gorge nouée, il quitta son bureau, pressé de prendre l'air. Il descendit rapidement l'escalier qui menait à sa terrasse, et heurta de plein fouet un colosse bien connu de lui.

— Bon sang, Harry ! Mais qu'est-ce que tu fais là ?

— Eh bien, je suis venu m'assurer que tu es toujours vivant. Cela fait dix jours que j'essaye de te joindre. J'ai dû laisser douze messages sur ton répondeur.

Avec un haussement d'épaules, Estéban embrassa son frère.

— J'ai été occupé.

— Tu fais peur à voir !

— Merci de me le faire remarquer.

Harrison sourit.

— À ton service ! La famille, ça sert à ça !

Sans plus de manières, Harrison pénétra dans la villa. Après avoir ouvert les persiennes, il haussa un sourcil circonspect devant le désordre ambiant.

— Calliope est en vacances, fit Estéban comme si cela pouvait justifier son laisser-aller.

Jamais il n'aurait demandé à sa gouvernante de ranger pareil bazar. Il avait grandi sans domestique et était du genre ordonné. Harrison le savait et ne fit aucun commentaire, bien qu'il ne pût s'empêcher de rapporter à la cuisine deux bouteilles d'alcool vides.

— On va faire un tour ? proposa-t-il.

Estéban acquiesça et tous deux prirent la direction de la mer. Arrivés sur la plage, ils se placèrent face à l'immensité bleue. Il faisait délicieusement bon. Le soleil déclinait à l'horizon, leur offrant une lumière rosée de toute beauté.

— Je préfère ma forêt, fit Harry.

Estéban rit de la franchise de son ami.

— Je suis touché que tu aies de nouveau quitté ton antre pour me voir, mais ce n'était pas nécessaire. Je vais très bien.

— Hmm. Alejandro m'a dit qu'elle est repartie avec ton fils.

— *Notre* fils…

Harrison garda le silence un long moment. De nature taciturne, il ne parlait jamais pour ne rien dire.

— Puisqu'il s'agit de *votre* fils, peux-tu m'expliquer pourquoi sa mère et lui sont à North Grey, tandis que tu es ici, avec moi ?

— C'est compliqué, marmonna Estéban.

— Je croyais que tu projetais de l'épouser.

— C'était le cas, elle a même accepté ma proposition. Seulement tout a changé…

Harrison posa sur lui un regard scrutateur.

— Qu'est-ce qui a changé ?

Estéban était parvenu à se mentir à lui-même, mais il fut incapable de cacher la vérité à son petit frère.

— Je crois que je l'aime, Harry.

À cet instant, il en fut même certain.

— Je ne suis pas spécialiste des relations humaines. Peut-être même que je suis un peu inadapté à ce niveau-là. Mais je crois savoir que l'amour est un bon fondement pour un mariage réussi.

Il n'y avait aucune ironie dans la voix de Harrison. De la sincérité, plutôt. Estéban devait se montrer honnête, lui aussi.

— Je l'ai laissée partir car j'ai peur de la perdre, avoua-t-il à son ami comme à lui-même. J'ai peur de les perdre tous les deux.

Harrison esquissa un large sourire.

— Alors c'est que tu es prêt, Estéban.

Il passa un bras autour de ses épaules avant de conclure :

— Ne laisse pas tes craintes te paralyser. La vie n'offre aucune garantie ; ce n'est pas pour ça qu'il faut la laisser filer…

Estéban riva son regard à celui de Harrison. Il ne cesserait jamais d'être surpris par la sagesse de ce dernier. Derrière sa carrure d'athlète se cachait une grande finesse d'esprit.

— Que me conseilles-tu ?

Son frère laissa échapper un long soupir.

— Je ne pensais pas te dire ça un jour, mais vas-y, puisqu'il semble que nous y soyons contraints ces temps-ci : retourne à North Grey chercher ta femme et ton fils.

— Et si Anna refuse de me voir ? S'il est trop tard ?

— Il n'est jamais trop tard.

Alors qu'Estéban rentrait à la villa avec Harrison, il eut la surprise d'apercevoir de la lumière chez lui. Calliope et Hector étaient-ils rentrés plus tôt que prévu ?

Intrigué, il franchit le seuil et découvrit Alejandro dans la cuisine. Posté devant le large plan de travail, il préparait une salade le plus naturellement du monde. Cette scène lui rappela aussitôt les années où ses frères et lui avaient partagé un appartement en Angleterre. C'était l'époque où ils avaient lancé leur société. Ils n'avaient pas encore un sou mais se régalaient le soir des pâtes d'Alejandro. Ces repas frugaux étaient agrémentés d'un ingrédient secret, le plus délicieux de tous : la liberté.

— Tu es venu aussi ? fit Estéban, ému.

Hier comme aujourd'hui, il pouvait compter sur ses frères. Ils avaient répondu présent lorsque autrefois Estéban avait dû panser ses plaies, après sa rupture avec Anna. Ils étaient là aujourd'hui pour le sortir de sa solitude.

— Je n'allais pas manquer la fête ! Harry m'a dit qu'il débarquait à Samaras, alors j'ai pris mon jet privé, et me voilà !

— Tu te comportes comme un milliardaire capricieux, tu sais, commenta Harrison, pince-sans-rire.

— Peut-être bien que c'est ce que je suis devenu !

Ils rirent tous les trois. Rien n'était plus éloigné de la réalité. Bien qu'ils soient riches désormais, Estéban et ses frères veillaient à garder les pieds sur terre. Leur fortune avait changé leur existence bien entendu, mais ils n'en faisaient pas étalage. Surtout, ils l'investissaient dans leurs affaires, et en reversaient une grosse partie à des œuvres caritatives.

— Et si on trinquait ? lança Alejandro en brandissant une bouteille de champagne.

— Range-moi ça ! rugit Harry. Estéban aurait plutôt besoin d'un jerricane d'eau fraîche.

Estéban leva les yeux au ciel, puis s'empara de la bouteille pour remplir deux flûtes qu'il tendit à ses amis. Il se versa à son tour un grand verre de soda.

— Je porte un toast à votre visite ! Merci d'être là, mes frères.

Ils trinquèrent et se mirent à discuter joyeusement de tout et de rien, avant que la discussion prenne un tour plus sérieux.

— Anna me croyait responsable de l'incendie, lâcha soudain Estéban.

Il chercha du regard ceux d'Alejandro et Harrison, mais ces derniers gardèrent la tête baissée.

Depuis qu'ils avaient fui Grey Manor, le sujet restait tabou entre eux. Trop de souffrances étaient associées à cet endroit et ils avaient voulu s'en défaire une bonne fois pour toutes. Ils n'en parlaient jamais.

Hélas, tous trois portaient en eux les séquelles de leur enfance. Le visage sombre de ses frères en était la preuve.

— Quand bien même tu aurais été à l'origine du feu, ce n'était pas une raison de te quitter.

Comme toujours, Harrison se montrait impitoyable en matière de sentiments.

— D'autant que personne n'a eu à se plaindre de la destruction de cet endroit maudit ! ajouta Alejandro.

Un long silence s'ensuivit. Estéban ne formula pas la question qui planait entre eux. À quoi bon ? Il n'avait aucune envie de raviver de douloureux souvenirs en forçant une confession. Il préférait profiter avec ses frères de cette soirée et laisser les démons de Grey Manor dans les ténèbres.

12.

North Grey, deux mois plus tard

Birdy House avait un air de fête. Depuis l'aube, Anna décorait sa petite maison, qui accueillerait dans l'après-midi une ribambelle d'enfants. Pour les dix ans de Loukas, rien ne serait laissé au hasard. Partout, des ballons multicolores annonçaient l'événement.

Avec l'aide de son fils, elle avait confectionné, la veille, des tartes salées et quelques gâteaux qu'elle disposerait au dernier moment sur la grande table du jardin, à côté des jus de fruits et des grands bols de bonbons.

Ce serait une belle journée, décida-t-elle, bien que son cœur fût encore douloureusement serré. Elle avait espéré avoir des nouvelles d'Estéban, surtout en cette date si particulière, mais hélas, il ne lui avait plus parlé depuis que Loukas et elle avaient quitté l'île de Samaras.

Père et fils avaient toutefois gardé le contact : ils échangeaient quelques nouvelles et photos par téléphone interposé. Anna aurait pu s'immiscer dans leurs conversations vidéo, mais s'y était refusé jusque-là. Si Estéban voulait rétablir un lien entre eux, il avait toute latitude pour le faire.

Pas question pour elle de dévier de ses résolutions.

Elle ne se contenterait de rien d'autre que d'un mariage d'amour. Estéban finirait-il par admettre qu'il l'aimait encore ? Était-ce seulement le cas, comme elle l'espérait de tout son cœur ? Elle commençait à en douter sérieusement et même à croire que l'homme tendre d'autrefois avait disparu à jamais – à cause d'elle, de sa naïveté, et de sa dureté à lui.

Si seulement elle avait autrefois écouté son cœur plutôt que les paroles menaçantes de la sœur Emily…

Alors qu'elle se faisait ces réflexions, la religieuse se matérialisa devant elle.

— Bonjour, Anna.

Elle ne l'avait pas revue depuis son retour à North Grey, l'évitant soigneusement à l'église comme au village.

— Emily…

— Tu n'as pas l'air ravie de me voir, ma fille.

Anna accrocha un ballon à la grille du jardin, sans jeter un regard à son interlocutrice.

— Vous êtes toujours aussi perspicace, ma sœur, siffla-t-elle entre ses dents.

Emily fronça les sourcils, visiblement surprise par son ton cassant.

— Je suis venue souhaiter un bel anniversaire à mon Loukas chéri.

Les mots firent mal à Anna. Son fils avait passé les premières années de sa vie au couvent des Lys, tout comme elle, et les religieuses avaient pris soin de lui. Mais si Emily n'avait pas interféré dans leur existence, le petit garçon aurait grandi auprès de son père.

— Je lui transmettrai vos bons vœux, mais je veux que vous sortiez de chez moi. Maintenant.

Emily fit un pas vers elle, soucieuse.

— Que t'arrive-t-il, ma fille ? Pourquoi cette colère dans ton regard ?

De peur de ne pouvoir contenir la rage qui montait en elle, Anna garda le silence.

— C'est cet homme, n'est-ce pas ? Tu n'aurais jamais dû accepter de le suivre en Grèce. Il t'a tourné la tête, je vois bien que tu n'es plus la même depuis ton retour... Bien que tu m'évites, je sais tout au sujet de ce voyage. On ne parle que de cela, au village...

Comment osait-elle se mêler à nouveau de sa vie privée ? Emily ne lui avait-elle pas causé assez de tort en l'éloignant d'Estéban quand elle était jeune ?

— Pourquoi ? demanda Anna en lui faisant face.

— Pourquoi *quoi* ? répéta la religieuse.

— Pourquoi m'avoir menti ce jour-là ? Pourquoi m'avez-vous dit qu'Estéban avait mis le feu à Grey Manor ? Que vous le feriez jeter en prison ?

La sœur Emily soupira.

— J'ai voulu te protéger, Anna. Je t'aime tant, et cela depuis toujours...

— Croyez-vous que cela puisse me suffire ? s'écria-t-elle. Loukas a grandi sans son père par votre faute !

— J'ignorais alors que tu aurais ce bébé...

— Quand je me suis retrouvée enceinte, pourquoi avoir gardé le silence ? Il était temps, encore, de rétablir la vérité. Si seulement vous l'aviez fait...

Des larmes perlèrent aux yeux de la religieuse.

— Tu étais si innocente, Anna. Un ange. Cet homme ne pouvait rien t'apporter de bon. Son avenir était scellé le jour même de son arrivée au manoir. Les orphelins de Grey Manor, Dieu les protège, ont le cœur si dur...

Anna n'en revenait pas.

— Comment avez-vous pu condamner un jeune garçon

à l'aube de sa vie sur une intuition, pour les torts qu'il aurait pu me causer ?

— Ne te méprends pas, ma fille. J'ai prié pour lui, pour que la vie répare les souffrances qu'il a subies.

— Vous l'avez privé de la possibilité d'être heureux avec moi ! répliqua Anna avec force.

— Je l'ai empêché de te rendre malheureuse. Tu n'aurais pas eu la force de lutter contre ses démons !

Incapable d'en supporter davantage, Anna tourna les talons pour se précipiter chez elle, laissant la sœur Emily quitter Birdy House sans un au revoir.

Les paroles de la religieuse résonnaient en elle avec fracas, toutefois elle refusait de lui laisser gâcher cette journée spéciale. D'autant qu'Emily se fourvoyait. Estéban avait toujours eu une part sombre, mais il n'était pas le mauvais garçon, « le diable » qu'on décrivait au village. Depuis leur rencontre, il n'avait jamais cherché qu'une chose : la faire sourire, la rendre heureuse. Et elle priait pour qu'il le souhaite aujourd'hui encore.

L'heure du goûter approchait. Tout était prêt maintenant et Anna se rendit dans sa chambre pour se changer. Bientôt, les amis de Loukas et leurs parents arriveraient et elle n'aurait plus une minute à elle.

Pour faire honneur à son fils, elle revêtit sa robe la plus élégante, la verte, que Loukas avait représentée sur son joli dessin de famille. Elle avait laissé à Samaras les autres tenues offertes par Estéban : non seulement elles ne lui seraient pas de grande utilité en Angleterre, car bien trop légères, mais surtout elles éveillaient en elle des souvenirs mitigés, teintés d'espoir et de déception.

Elle brossa ses cheveux, puis appliqua une touche de mascara sur ses yeux. Elle n'avait pas l'habitude de se maquiller mais voulait paraître à son avantage aujourd'hui, profiter du moment présent. Dix ans plus tôt, elle avait goûté à la plus grande joie de l'existence, celle de devenir mère, et cela méritait d'être fêté dignement !

Sa bonne humeur revenue, elle ouvrit sa commode à la recherche du pendentif hérité de ses parents, qu'elle n'avait pas porté depuis un long moment. Elle en ouvrait le fermoir quand la sonnette de la porte d'entrée retentit.

— J'y vais, maman ! fit Loukas d'une voix enthousiaste.

Elle jeta un œil à sa montre. 15 h 30. Ce devait être Thom, le meilleur copain de son fils, dont les parents étaient parfois un peu en avance.

Alors qu'elle s'attendait au brouhaha enfantin si familier, ou à une cavalcade en bonne et due forme dans le couloir, elle n'entendit rien si ce n'est le loquet de la porte qui se refermait.

Intriguée, elle quitta sa chambre pour gagner le salon et resta un moment saisie par la scène qui se jouait sous ses yeux.

Loukas étreignait de toutes ses forces Estéban, qui avait mis un genou à terre pour être à hauteur de son fils. Le petit garçon avait les yeux clos, mais Anna perçut le murmure de ses sanglots.

— Tu es venu, fit-il en embrassant son père sur les deux joues. Je savais que tu viendrais.

La veille, Loukas s'était endormi en affirmant qu'il fêterait son dixième anniversaire avec son papa, et Anna, persuadée du contraire, avait tenté de lui faire comprendre que c'était peu probable. Jamais erreur ne lui avait paru si douce.

— Comment aurais-je pu manquer pareil événement ? Dix ans ! Tu te rends compte que tu seras bientôt aussi grand que moi ?

Estéban riait, mais sa voix reflétait une émotion semblable à celle de Loukas. Tout en fixant Anna droit dans les yeux, il ajouta :

— Je suis heureux d'être là.

Dans un geste de tendresse, il essuya une larme qui avait roulé sur la joue de Loukas. Déjà, le petit garçon retrouvait son entrain.

— Je vais pouvoir te présenter tous mes copains, fit-il en sautillant d'excitation.

— Rien ne saurait me faire plus plaisir !

Comme la sonnette d'entrée retentissait de nouveau, Estéban se releva et, comme s'il était chez lui, alla ouvrir la porte.

Le reste de l'après-midi se déroula dans la bonne humeur et la joie. Loukas et ses amis couraient dans tous les sens, jouant à cache-cache ou au ballon dans le jardin. Des petites mains surgissaient çà et là pour dérober quelques bonbons et parts de gâteaux. On dansait et chantait au rythme de musiques entraînantes et rarement du meilleur goût. Il faisait beau.

Tout était *parfait*, songea Anna, ravie que son fils profite pleinement de son anniversaire. Il avait soufflé ses dix bougies entouré de ses amis et pour la première fois, de ses *deux* parents.

Elle lui sourit tandis qu'il passait à côté d'elle en criant « À l'abordage ! »

— C'est un gamin génial.

La voix d'Estéban la fit sursauter. Comme il approchait, elle sentit aussitôt une douce chaleur l'envahir. Depuis son arrivée surprise, tous deux n'avaient pas encore eu l'occasion de discuter. Elle avait attendu leurs retrouvailles avec autant d'impatience que d'appréhension.

— Je l'aime de tout mon cœur, fit-elle en rivant son regard au sien.

Et je t'aime aussi.

— Il se souviendra toujours de cette fête, j'en suis sûr. J'aurais rêvé en avoir une de ce genre, quand j'étais gosse.

Son visage se rembrunit, comme chaque fois qu'il était question de son enfance à Grey Manor.

— Moi aussi… C'est peut-être pour cela que je prends autant de plaisir à organiser l'événement ! Viens avec moi.

Elle lui prit la main pour le guider jusqu'au centre du jardin.

— Les enfants, regroupez-vous, fit-elle. C'est l'heure du lâcher de ballons.

Les petits accoururent, sous le regard attendri des adultes. Anna distribua des ballons à tout le monde et réserva les trois derniers à Loukas, Estéban et elle-même.

— Il est temps de faire un vœu, reprit-elle avec gaieté. Gardez-le bien secret… À mon signal…

Les rires fusèrent.

— … un, deux, trois… lâchez !

Dans un même élan, les ballons multicolores s'élevèrent dans le ciel, porteurs des rêves de leurs propriétaires.

Émerveillée par ce spectacle, Anna avait la tête tournée vers les nuages quand elle sentit les bras de Loukas l'envelopper au niveau de la taille.

— Merci, maman. Merci pour tout.

Émue, elle embrassa son fils. Il ne tarderait pas à être aussi grand qu'elle, cependant dans son cœur, il resterait longtemps encore son petit garçon.

Anna s'aperçut alors qu'Estéban les regardait tous les deux, à quelques pas de là. Il semblait bouleversé et elle lui fit signe de les rejoindre. Hélas, il secoua la tête avant de tourner les talons.

L'instant d'après, il avait disparu.

Alors qu'il passait devant le couvent des Lys, Estéban jeta un œil au vieux clocher. Il poursuivit sa route et gravit bientôt la colline. Ce chemin-là, il l'avait emprunté tant de fois ! Arrivé au sommet, il franchit la longue barrière de sécurité installée pour décourager les curieux – et les protéger surtout de possibles chutes de pierres.

Dix ans avaient passé et pourtant, les ruines de Grey Manor gisaient encore là. Personne n'avait pris soin de déblayer ce qui aurait dû l'être. Les débris de l'orphelinat, pas plus que ses anciens pensionnaires, n'avaient intéressé les politiques et notables de la région.

Du pied, il foula la terre noire ; elle au moins avait bénéficié des cendres pour se régénérer. De l'herbe ainsi que quelques arbustes avaient même eu l'audace de pousser là où tout n'était plus que néant.

Abandonné.

Il reconnut parmi les décombres la lourde porte qu'il avait franchie, en pleurs, quelques jours après la mort de ses parents. D'un bois sombre, elle était dotée d'un heurtoir en bronze représentant la tête d'un lion la gueule ouverte. À l'horizontale, le roi de la jungle avait perdu de sa superbe et n'était plus si effrayant.

Alors qu'il avançait, un lit à barreaux attira son attention. Semblable à ceux qu'avaient connus ses jeunes frères, il était rouillé mais curieusement intact, comme prêt à accueillir les cauchemars d'un nouvel enfant.

Des cauchemars, lui-même n'en avait pas fait depuis un moment, remarqua-t-il soudain. Depuis ses retrouvailles avec Anna.

— Je savais que je te trouverais ici, fit-elle au moment même où il pensait à elle.

Il ne fut pas surpris de la trouver face à lui, bien qu'il peinât à chasser les souvenirs pour renouer avec la réalité.

— Où est Loukas ? demanda-t-il simplement.

— Je l'ai laissé à la maison, en compagnie de son ami Thom et de ses parents.

Il hocha la tête, avant de désigner les lieux d'un geste de la main.

— Cet endroit est toujours aussi lugubre, constata-t-il.

— À quoi t'attendais-tu ? Ce n'est pas le lieu qui est sombre, mais la mémoire qui y est associée.

Elle avait raison, bien sûr. S'il regardait par-delà les ruines, le paysage était vert et plutôt joli. Seulement, Estéban étouffait, ici. Il dépérirait s'il restait dans le village de son enfance.

Comme si elle comprenait son malaise, Anna lui prit la main pour l'entraîner loin des ruines de l'orphelinat. Ils marchèrent quelques instants côte à côte et tout naturellement, arrivèrent à l'endroit exact où sa vie d'après avait commencé.

C'est là que dix ans plus tôt, il s'était arrêté avec Alejandro et Harrison pour observer l'incendie qui déchirait le ciel de ses flammes rougeoyantes.

— Je ne pourrai pas, Anna, je ne pourrai jamais vivre à North Grey.

— Je le sais bien, Estéban.

Elle darda sur lui un regard plein de douceur, l'invitant à poursuivre.

— C'est pourquoi j'espère que mon vœu va se réaliser.

— Ton vœu ?

— Celui que j'ai fait en lâchant mon ballon tout à l'heure…

— Il doit rester secret, murmura-t-elle.

— Impossible, je dois le partager avec toi car il te concerne aussi.

Suspendue aux paroles d'Estéban, Anna sentait son cœur battre à folle allure. Se pouvait-il qu'il ait formulé le même vœu qu'elle ?

Tous deux se connaissaient si bien jadis… Elle avait su d'instinct où le trouver, après qu'il eut abandonné précipitamment la fête. Jamais il n'aurait quitté Loukas sans un au revoir. S'il était encore là, s'il se trouvait sur cette montagne à raviver le passé, c'est que tout espoir n'était pas perdu.

— Je t'écoute, dit-elle gentiment.

— Au fond, mon vœu le plus cher est resté le même qu'il y a des années.

Il marqua une pause avant de poursuivre :

— Je souhaite t'épouser, Anna. Non pas par devoir paternel, parce que nous avons conçu un enfant ensemble… Loukas est un cadeau du ciel ! Il ne s'agit pas davantage de t'obliger à tenir la promesse que tu m'as faite autrefois…

Bouleversée, Anna attendait la suite.

— Si je veux t'épouser, c'est uniquement parce que je t'aime, *agape mou*.

Il mit un genou à terre et sortit un écrin de velours qui révéla bientôt une émeraude montée sur un anneau d'or.

— Accompagne-moi à Samaras avec Loukas. Nous y mènerons une vie heureuse, tous les trois.

Anna hocha la tête, le cœur gonflé d'allégresse.

— Oui ! souffla-t-elle.

— *Oui* ? répéta Estéban en se relevant pour la prendre dans ses bras.

— Oui, je t'épouserai, Estéban, comme je rêve de le faire depuis toujours. Mais le compte n'y est pas !

— Pardon ?

Elle lui prit la main pour la poser sur son ventre encore plat.

— Nous serons bientôt quatre.

Dans les yeux d'Estéban défilèrent une multitude d'émotions. Il rayonnait de bonheur quand il souleva Anna de terre pour la faire tournoyer dans ses bras.

Combien de temps restèrent-ils blottis l'un contre l'autre à discuter de l'avenir radieux qui s'offrait à eux, le regard tourné vers le ciel teinté de rose ? Difficile à dire, mais c'était sans conteste le plus beau coucher de soleil qu'on eût jamais vu.

Épilogue

Trois mois plus tard, île de Samaras

Face à son miroir, Anna appliqua une dernière touche de rouge à ses lèvres, non sans avoir au préalable coiffé ses cheveux roux du voile traditionnel de la mariée.

Elle avait décliné la proposition d'Estéban de lui allouer pour l'occasion styliste et maquilleuse. Toute sa vie, elle s'était occupée seule d'elle-même, et il lui faudrait encore du temps pour accepter qu'on l'aide.

Il en va ainsi de la plupart des orphelins, songea-t-elle en posant une main sur le bijou hérité de ses parents, qui était suspendu à son cou.

Elle n'était plus seule aujourd'hui. La vie lui avait fait don d'une famille. Dans moins d'une heure, elle deviendrait Mme Anna Samaras comme elle l'avait souvent imaginé. Loukas portait déjà ce patronyme : Estéban avait pris soin de reconnaître au plus vite ce fils resté secret durant dix longues années. Et bientôt, une petite fille viendrait agrandir encore leur foyer.

Son ventre rond était mis en valeur par sa robe de dentelle ivoire, une pure merveille dessinée par une créatrice grecque. L'une des épaules était couverte d'une fine broderie, tandis que l'autre restait nue. Le vêtement formait un nœud subtil au niveau du décolleté, puis se déployait jusqu'au sol avec fluidité. La robe était raffinée sans être ostentatoire – à son image. Anna se sentait belle dedans, malgré – ou peut-être en raison de – sa grossesse avancée.

Quand elle fut prête, elle sortit sur la terrasse où l'attendait Loukas. Il était si beau dans ce costume bleu ! Maintenant qu'il avait pris le soleil, il ressemblait davantage encore à son père.

— Ce que tu es belle, maman ! déclara-t-il, les yeux brillants.

Anna le prit dans ses bras. Comme toujours, son fils se montrait très élogieux envers elle. Les yeux de l'amour…

— Et toi, tu es le plus mignon des garçons d'honneur !

Il désigna le nœud papillon à son cou.

— Regarde ça, c'est oncle Harry qui m'a aidé à le mettre !

— Très chic !

— Et mes cheveux ? Tu as vu comme ils brillent ? Alejandro les a coiffés avec du gel !

Devant l'enthousiasme de son fils, Anna se mit à rire.

— Tu en as de la chance, dis donc.

— Oui, les frères de papa sont trop cool !

Anna doutait que cet adjectif soit le plus approprié pour désigner les chers amis d'Estéban. Ils partageaient avec lui un côté sombre et mystérieux, hérité de leur enfance tourmentée. Si Anna avait su apprivoiser son fiancé, elle n'avait pas encore cerné Alejandro et Harrison.

En fait, elle avait même eu droit à un entretien seule avec eux, où ils lui avaient enjoint sans grande subtilité de ne plus jamais faire souffrir leur grand frère. Plutôt que de leur en vouloir pour leur franchise, Anna avait choisi de les rassurer : tout comme eux, elle ne souhaitait que le bonheur d'Estéban.

— On y va ? demanda-t-elle en tendant la main vers son fils.

Il la saisit aussitôt, l'air fier.

— On y va !

Anna descendit vers la crique en compagnie de Loukas. Dès que la plage fut à portée de vue, elle s'arrêta derrière un rocher duquel elle pouvait voir sans être vue.

Elle embrassa son enfant chéri, lui confia le coussin des alliances, puis lui indiqua où s'asseoir, parmi les invités de la noce rassemblés de part et d'autre d'une allée de sable au bout de laquelle se trouvait Estéban.

Elle suivit Loukas du regard, tandis qu'il prenait place au premier rang, non loin de son père qui, dès qu'il l'aperçut, s'approcha de lui pour lui murmurer quelques mots à l'oreille. Après ce tendre échange, le futur marié regagna sa place devant l'autel, auprès du célébrant. Alejandro et Harrison, qui lui faisaient office de témoins, se tenaient à ses côtés.

Une musique s'éleva dans le ciel d'un bleu limpide, se mêlant au clapotis des vagues. À ce signal, Anna sortit dans la lumière. Estéban se retourna aussitôt vers elle, la couvant d'un regard empli d'amour et de promesses.

Alors, le cœur gonflé d'allégresse, elle ôta ses escarpins à talons plats, pour parcourir pieds nus le chemin qui la menait à son futur époux et au bonheur qu'ils connaîtraient jusqu'à la fin de leurs jours.

Ensemble.

Vous avez aimé *L'enfant secret d'une innocente* ?
Découvrez la suite de votre série
« Les milliardaires de Grey Manor »
dès le mois prochain dans votre collection Azur !

Retrouvez prochainement,
dans votre collection

AZUR

La maîtresse de Vincenzo Moretti, de Maisey Yates - N°4532

Jamais Eloïse n'a oublié Vincenzo Moretti, prince d'Arista. Ni la façon dont son ami d'enfance l'a rejetée le jour où elle a été prise dans la tourmente d'un scandale. Aujourd'hui qu'il vient la retrouver, elle est aussi troublée que méfiante. Troublée, car il éveille en elle les mêmes fantasmes qu'autrefois. Méfiante, parce qu'il lui demande de rentrer avec lui au palais… pour y jouer le rôle de sa maîtresse ! Mais la situation se complique encore quand ils cèdent à la passion et qu'à la veille de Noël Eloïse se découvre enceinte…

Une alliance inoubliable, de Sharon Kendrick - N°4533

Cela fait dix-huit mois que Louise n'a pas croisé Giacomo Volterra. Son mari l'a en effet abandonnée au moment où elle avait le plus besoin de lui. Quel choc pour elle de le voir débarquer dans le petit village où elle s'est réfugiée après leur séparation ! Mais la raison de sa venue est plus incroyable encore. Giacomo lui révèle qu'il a tout oublié de leur mariage à la suite d'un accident. S'il est là, c'est pour qu'elle l'aide à recouvrer la mémoire, en lui rappelant les mois passionnés qu'ils ont passés ensemble…

Un tendre mystère, de Maya Blake - N°4534

Ekow Quayson ne croit pas aux coïncidences. La personne qui pirate sa banque se trouve à Cape Town, précisément la ville où il a rencontré une beauté fatale quelques mois plus tôt. Se pourrait-il que la douce Eva ait profité de leur liaison pour s'en prendre ensuite à lui ? Résolu à percer ce mystère, il s'envole en jet vers la femme qu'il n'est pas parvenu à oublier. Or voilà qu'en se confrontant à Eva il découvre qu'elle a eu un bébé de lui…

Un hiver au domaine, de Nina Singh - N°4535

Noël est synonyme de surprises, or Izzy en reçoit une de taille en découvrant Zayn Joffman sur le pas de sa porte ! Si l'homme d'affaires est de retour à Stackhouse, le domaine vinicole qu'elle dirige, c'est qu'ils en sont les héritiers ! Hélas, tous deux ne partagent pas la même vision quant à l'avenir des lieux. Tandis qu'Izzy est très attachée à son côté familial, Zayn voudrait propulser l'établissement sur le marché du vin haut de gamme. Mais il y a pire : alors qu'ils sont contraints de collaborer, l'attirance qui les liait autrefois resurgit, plus intense encore…

HARLEQUIN AZUR

Les amants des neiges, d'Ellie Darkins - N°4536

Jess n'aime plus Noël. Toutefois, alors qu'elle s'apprête à passer les fêtes seule dans une lugubre demeure bloquée par la neige et probablement peuplée de fantômes, elle est prise d'angoisse. Jusqu'à ce qu'un homme frigorifié fasse irruption dans le manoir pour lui demander son aide. Bientôt, l'énigmatique Rufus se révèle être le maître des lieux. Pourrait-il être aussi celui de son cœur ?

Le défi d'Aisha, de Joss Wood - N°4537

De retour au Cap après une longue absence, Aisha est résolue à mettre le passé de côté pour se concentrer sur la mission qui pourrait propulser sa carrière : préparer l'ouverture du très luxueux hôtel de St. Urban. Hélas, elle découvre avec consternation qu'elle devra collaborer avec le grand chef étoilé Pasco Kildare. Pasco, qui n'est autre que son ex-mari et la raison pour laquelle elle est partie autrefois, le cœur brisé…

Le bébé de Singapour, de Kandy Shepherd - N°4538

Riche héritière, Sally Harrington s'envole pour Singapour avec l'intention d'échapper quelque temps à la frénésie de Londres et à l'intérêt qu'elle y suscite. Mais son séjour est loin d'être de tout repos. Sauvée de la noyade par un bel inconnu, elle passe une nuit inoubliable avec lui. Quel choc pour elle de découvrir au lendemain de leur étreinte que son amant n'est autre que le prince Edward de Tianlipin ! Alors que tous deux n'ont a priori aucun avenir ensemble, les voilà bientôt liés… par un bébé !

Promise à un prince scandaleux, d'Elisa Marshall - N°4539

SÉRIE : *LES MILLIARDAIRES DE GREY MANOR* - 2/3

Un mariage arrangé ? Stupéfaite, Serena de La Roccia découvre que, pour monter sur le trône et maintenir la paix dans son pays, elle doit épouser un prince inconnu auquel elle est promise depuis toujours. Bien que révoltée par cette alliance d'un autre âge, elle se rend à Londres pour apprendre à Alejandro Castelli qu'ils sont liés par un secret d'État. Or cet homme d'affaires, insupportable et scandaleux, ignore tout de son statut royal et refuse même de l'écouter. Jusqu'à ce que Serena décide de le séduire…

Un patron à convaincre, de Michelle Smart - N°4540

SÉRIE : *NOËL AVEC UN HOMME D'AFFAIRES* - 1/2

Un luxueux hôtel niché au cœur des Alpes suisses. Voilà le cadre de travail dans lequel Merry évolue, pour son plus grand plaisir. Satisfaire une clientèle exigeante est son maître mot, aussi est-elle mortifiée quand elle manque assommer un hôte avec un immense sapin de Noël ! Pire encore, l'homme se révèle être Giovanni Cannavaro, avec lequel elle est censée collaborer sur un projet d'envergure. Blessée d'être considérée comme une employée gauche, alors qu'elle se tue à la tâche, Merry décide de prouver son professionnalisme à son nouveau patron…

Nuits interdites à Barcelone, de Clare Connelly - N°4541

Quand il croise le regard de Sienna Thornton-Rose lors d'un mariage, Alejandro tombe immédiatement sous son charme. Hélas, il a juré à son meilleur ami de ne pas tenter de séduire cette jeune femme si candide. Toutefois, le jour où elle vient le retrouver à Barcelone pour lui proposer une aventure d'une semaine, il est incapable de résister plus longtemps à la tentation. Grisé par cette parenthèse sensuelle, Alejandro se demande bientôt comment il va pouvoir se contenter de sept nuits torrides…

Une fascination irrésistible, de Maggie Cox - N°4542

Mystérieux et terriblement attirant… Seth Broden est tout le contraire de ce à quoi Imogen s'attendait. Lorsqu'elle s'est présentée au manoir Evergreen, elle souhaitait seulement assouvir sa curiosité en rencontrant le nouveau propriétaire des lieux. Mais, maintenant qu'elle se tient face à Seth et à son sourire ravageur, elle ne peut s'empêcher de regretter sa décision. Cet homme exerce en effet sur elle une fascination irrésistible contre laquelle elle doit lutter, quoi qu'il lui en coûte. Car, si elle cède à la tentation, elle ne s'en sortira pas indemne, elle en est intimement persuadée…

PASSIONS

Rêve. Trahison. Tentation.

Un homme et une femme.
Deux héros que tout oppose.
Ils n'ont rien en commun…
Ils ne croient plus en l'amour…
Ils sont amants… Ils sont rivaux…
Ils n'étaient pas censés s'aimer.
Et pourtant…
Ils vont renouer avec la passion.

6 livres à découvrir tous les mois.

DIVERTIR • INSPIRER • ÉMOUVOIR

HARLEQ[U]
www.harleq[u]

RESTEZ CONNECTÉ AVEC HARLEQUIN

Harlequin vous offre un large choix de littérature sentimentale !

Sélectionnez votre style parmi toutes les idées de lecture proposées !

www.harlequin.fr

- **Découvrez** toutes nos actualités, exclusivités, promotions, parutions à venir...
- **Partagez** vos avis sur vos dernières lectures...
- **Lisez** gratuitement en ligne
- **Retrouvez** vos abonnements, vos romans dédicacés, vos livres et vos ebooks en précommande...

L'application Harlequin

- Des **ebooks gratuits** inclus dans l'application
- **50 nouveautés tous les mois** et + de 7 000 ebooks en téléchargement
- Des **petits prix** toute l'année
- Une **facilité de lecture** en un clic hors connexion
- Et plein d'autres avantages...

Téléchargez notre application gratuitement

Télécharger dans l'App Store — DISPONIBLE SUR Google Play

SUIVEZ-NOUS !

facebook.com/HarlequinFrance
twitter.com/harlequinfrance

VOTRE COLLECTION PRÉFÉRÉE DIRECTEMENT CHEZ VOUS

Vous souhaitez découvrir nos collections ? Une fois votre colis de bienvenue reçu, si vous souhaitez continuer à recevoir nos livres, cela se fera automatiquement. Vous n'avez aucune obligation d'achat et cette offre est sans engagement de durée !

Dans votre 1er colis, 2 livres au prix d'un + 1 cadeau

☛ COCHEZ la collection choisie et renvoyez cette page au
Service Lectrices Harlequin – CS 20008 – 59718 Lille Cedex 9 – France

Collections	Prix 1er colis	Réf.	Prix abonnement (frais de port compris)
❑ **AZUR**	4,75€	AZ1406	6 livres par mois 31,49€
❑ **BLANCHE**	7,30€	BL1603	3 livres par mois 24,85€
❑ **HISTORIQUES**	7,30€	LH1202	2 livres par mois 17,49€
❑ **PASSIONS**	7,80€	PS0903	3 livres par mois 26,49€
❑ **BLACK ROSE**	7,90€	BR0013	3 livres par mois 26,79€
❑ **HARMONY***	5,99€	HA0513	3 livres par mois 20,76€
❑ **NORA ROBERTS***	8,90€	NR2403	3 livres tous les 2 mois, prix variable**
❑ **SAGAS***	7,99€	SG2303	3 livres tous les 2 mois 29,46€
❑ **VICTORIA**	7,80€	VI2115	5 livres tous les 2 mois 42,09€
❑ **GENTLEMEN***	7,50€	GT2022	2 livres tous les 2 mois 17,95€
❑ **HORS-SÉRIE***	7,70€	HS2812	2 livres tous les 2 mois 18,45€

*livres réédités / **entre 28,79€ et 31,39€ suivant le prix des livres

F22PDFM

N° d'abonnée Harlequin (si vous en avez un) ⎿⏌⎿⏌⎿⏌⎿⏌⎿⏌

Mme ❑ Mlle ❑ Nom : ____________________

Prénom : ____________________ Adresse : ____________________

____

Code Postal : ⎿⏌⎿⏌⎿⏌ Ville : ____________________

Pays : ____________________ Tél. : ⎿⏌⎿⏌⎿⏌⎿⏌⎿⏌

E-mail : ____________________

Date de naissance : ____________________

Date limite : 31 décembre 2022. Vous recevrez votre colis environ 20 jours après réception de ce bon. Offre soumise à acceptation et réservée aux personnes majeures, résidant en France métropolitaine, dans la limite des stocks disponibles. Prix susceptibles de modification en cours d'année. Vous pouvez demander à accéder à vos données personnelles, à les rectifier ou à les effacer. Il vous suffit de nous écrire en nous indiquant vos nom, prénom et adresse à : Service Lectrices Harlequin CS 20008 59718 LILLE Cedex 9. Service Lectrices disponible du lundi au vendredi de 9h à 17h : 01 45 82 47 47.